GOLDMANN

Buch

»Laura Lumati« ist ein Buch, daß sich vor allem an Männer richtet. An Männer, die entschlossen sind, die Arena der Liebe zu betreten, in der die geliebte Frau sie zugrunde richten wird. Damit sie in Zukunft im voraus wissen, was sie erwartet. Daß sie nicht siegen werden. Daß sie keine Chance haben. Sie müssen es wissen, sonst ist ihr Untergang nichts weiter als ein absurder Unfall.

Autorin

Sandra Paretti wurde in Regensburg geboren, wuchs dort auf, studierte in München, London und Rom und promovierte zum Dr. phil. Über den Journalismus – Münchner Abendzeitung – kam sie zur Schriftstellerei und hatte schon mit ihrem ersten Buch »Rose und Schwert« 1967 internationalen Erfolg. Seither hat sie 13 Bücher veröffentlicht.

Im Goldmann Verlag sind bereits lieferbar:

Südseefieber. Zur Fernsehserie »Traumschiff« (8572)
Der Winter, der ein Sommer war. Roman (9201)
Die Pächter der Erde. Roman (9249)

SANDRA PARETTI

LAURA LUMATI

ROMAN

GOLDMANN VERLAG

»Laura Lumati« erschien erstmals unter dem Titel
»Treibjagd oder Die Riten der Venus«.

Der Goldmann Verlag
ist ein Unternehmen der Verlagsgruppe Bertelsmann

Made in Germany · 12/89 · 1. Auflage
Genehmigte Taschenbuchausgabe

Umschlaggestaltung: Design Team München
Umschlagfoto: Accornero/Schlück
Druck: Elsnerdruck, Berlin
Verlagsnummer: 9565
UK · Herstellung: Heidrun Nawrot
ISBN 3-442-09565-4

Wenn die einzige Erziehung der Schmerz geben kann, dann frage ich, warum es von der Philosophie verboten ist, gegen den Nächsten zu wüten, wenn man ihn doch so auf die beste Art erzieht?

Cesare Pavese

ERSTER TEIL

pp. VENEDIG, *21. Oktober. Die Ermittlungen im Fall Ceno Lumati, der am 30. September auf dem Landsitz Vernier des Fürsten Frevelli erschossen wurde, brachten immer noch keinen Fortschritt. Die venezianische Staatsanwaltschaft neigt aufgrund der Tatwaffe amerikanischen Ursprungs zu der Ansicht, daß Ceno Lumati das Opfer eines Racheaktes geworden sei.*

Polizeipräsident Dionisi wandte sich vor Journalisten scharf gegen die »Hysterie der Staatsanwaltschaft«, die aus einem tragischen Jagdunfall unbedingt ein geheimnisvolles Verbrechen konstruieren wolle. »Wenn die Staatsanwaltschaft mit ihrer Theorie recht behielte, befänden wir uns in Italien in einem Zustand krimineller Verwahrlosung, in dem kein Mensch mehr seines Lebens sicher wäre.«

Ceno Lumati, 53, Gründer des nach ihm benannten Immobilienfonds, Abgeordneter der Democrazia Cristiana, wurde in den USA immer wieder mit organisiertem Gangstertum in Verbindung gebracht, ohne jedoch jemals vor Gericht gestellt zu werden. Er verließ die Staaten vor zwölf Jahren nach einem Verfahren wegen Steuerhinterziehung, das mit einem Freispruch endete.

Nach der Rückkehr in seine Heimat baute er ein Unternehmen auf, das ganz neue Finanzierungsformen für Großobjekte im Wohnungs- und Städtebau entwickelte. Lumatis jüngstes Projekt, die Erschließung unbewohnter Inseln zu touristischen Luxuszentren, stand bei seinem Tod kurz vor der Verwirklichung. Seine absolute Zuverlässigkeit machte ihn zum Vermögensberater der ersten Gesellschaftskreise. Vor sieben Jahren heiratete er Laura Lombardi, mit der er eine äußerst glückliche Ehe führte.

I

Kluge Frauen heiraten einen Mann, der weit mehr Geld besitzt, als sie auszugeben gedenken. Stolze Frauen fordern mehr vom Leben als nur materielle Bequemlichkeit. Trotzdem hält ein instinktives Mißtrauen sie ab, sich allein auf die Wahl ihres Herzens zu verlassen. Nur Menschenverächter und Frauenhasser wittern Betrug, wenn eine Frau es versteht, sich in den Mann zu verlieben, den ihre Klugheit sie hat wählen lassen.

So betrachtet, war Laura eine Ausnahme. Sie hatte nicht den Reichtum Ceno Lumatis geheiratet. Von ihrer Klugheit im Stich gelassen, war sie der Faszination der dunklen Vergangenheit, der imposanten Häßlichkeit und der zentaurenhaften Vitalität dieses Mannes, der zwanzig Jahre älter war als sie, erlegen.

Es war Leidenschaft gewesen; eine Leidenschaft, die ihr das Empfinden gab, alles davor sei nur eine Art von Tod gewesen und erst jetzt beginne das Leben. Sie schien erlöst von sich selbst. Daß sie als Kind ihre Lieblingspuppen mit Schrotladungen durchlöchert hatte; daß sie den kostbarsten Schmuck ihrer Mutter hinter die Holzverschalung des Dachbodens geworfen und schweigend zugesehen hatte, als man deswegen zwei Zofen entließ; daß sie als Halbwüchsige ihren Hauslehrer verführt und dann angezeigt hatte, waren nur noch vage Erinnerungen. Der unterirdische Strom von Haß, Grausamkeit und Zerstörungslust, der immer wieder aufgebrochen war, manchmal für Augenblicke, manchmal für Tage, schien endgültig versickert.

Wann hatte es wieder begonnen? Heute früh, als die Motoren der Cessna angesprungen waren, als die Vibration der Maschine plötzlich auch in ihr gewesen war? Oder erst später, in Mailand, auf der Versteigerung? Neun Millionen Lire hatte sie für die sieben mal fünf Meter große Polarfuchsdecke gezahlt. Ein verrückter Preis für etwas, das für Laura nur deshalb Wert hatte, weil es ihr die Möglichkeit gab, es jemand anderem wegzunehmen. Neun Millionen Lire für Sekunden, in denen ihr heiß wurde, für die Enttäuschung, die ein anderer empfand.

Zu leben, reich und glücklich zu sein, genügte ihr nicht. Weder die Liebe noch die Gefahr stillten den Hunger nach Ungeschmecktem. Was sie auch tat, immer wieder fand sie sich in diesem luftleeren Raum des Glücks, in dem das Leben nichts war als ununterbrochene Langeweile.

Manchmal beschlich Laura Entsetzen vor diesem Glück, das ihr alles zu nehmen drohte, die Wünsche, die Ängste, das Staunen; eines Tages würde nichts mehr da sein, nur noch dieses taube Gefühl in Fingern, denen im Schlaf etwas entglitten ist. Es war furchterregend, dieses Glück. Es trocknete sie aus. Es versuchte sie vergessen zu machen, daß sie lebte. Sie begann es zu hassen.

Der ungeschliffene Smaragd an Lauras Handgelenk zitterte. Grüne Reflexe huschten durch die Kabine der Cessna. Hinter den Sitzen am Boden lag das lose verschnürte Plastikpaket mit der weißen Polarfuchsdecke.

Das Flugzeug, das Laura über der Landepiste des Flughafens Venedig durchgestartet hatte, zog steil in die Höhe. Laura spürte an der rechten Hand den Ehering. Er war ihr nach sieben Jahren immer noch zu weit. Nur dieser Schmerz, am Steuer des Autos oder des Flugzeugs, erinnerte sie manchmal daran, daß sie ihn trug.

Der Copilot beobachtete schweigend ihre Handgriffe. Der Mann trug eine blaugetönte Brille; am Ansatz seiner grauen Haare standen Schweißperlen. Was mit dem Flugzeug geschehen konnte, ließ ihn kalt; aber bei der Vorstellung, sich vor Ceno Lumati rechtfertigen zu müssen, drehte es ihm den Magen um.

Laura dachte nicht daran, ihn zu besänftigen. Damit er seinen Zorn und seine Erbitterung vergaß, genügte es, ihm das Gesicht zuzuwenden; dieses Gesicht, das die Natur geschaffen hatte, um damit über alle Versuche der Kunst, die Schönheit darzustellen, zu triumphieren: Botticelli hatte sich an diesem immateriellen Blond versucht, Leonardo an dieser honigfarbenen Haut, Giambellino an diesen braunen Augen.

Daß Schönheit etwas war, das gegen alles andere recht behielt, war eine Erfahrung, die Laura sehr früh gemacht hatte. Sie hatte sich daran gewöhnt, wie ihre Umwelt sich daran gewöhnt hatte, ihre Launen als Gesetz zu nehmen.

Warum sie durchgestartet war? Vielleicht wegen des schwarzen Cadillac und des roten Alfa Romeo, die sie beim Anfliegen neben der Landebahn entdeckt hatte. Ivanka und Valentino. Vielleicht hatte Laura die Vorstellung gereizt, daß Ivanka und Valentino sich um sie ängstigen würden, vielleicht auch das Schauspiel, wie die beiden Gestalten da unten sich wieder verflüchtigten.

Über Venedig wehten die Dunstschleier eines Septemberabends. Der Himmel war noch hell. Das Meer breitete sich dunkel unter ihnen aus. Im Canale di San Marco vor der Riva degli Schiavoni lagen zwei weiße Schiffe. An der Treppe von San Giorgio Maggiore legte ein Motorboot an. Mönche in weißen Kutten stiegen aus.

Hier, über Lagunen und Meer, hatte Laura ihre Flugstunden absolviert, über den Fahrtrinnen der Schiffe, den Sandbänken, den mit den Tageszeiten die Farbe wechselnden Strömungen. Das Gefühl von Wagnis, um dessentwillen sie das Fliegen lernte, war ihr hier abhanden gekommen, bevor sie es noch richtig ausgekostet hatte, bis damals, als sich eines Nachmittags aus den Reflexen des Lichts und des Wassers etwas kristallisierte. Sie ging mit dem Flugzeug tiefer, und es wurde eine weiße Kuppel daraus, die sich aus einer blühenden Wildnis erhob, das Mausoleum.

Am nächsten Morgen fuhr sie mit Ceno im Motorboot zu der Insel hinaus. Weißer Strand, keine menschliche Spur. Dünen, Buchten, wieder weißer Sand. Ein Wald aus Pinien und Pappeln. Die Pfosten eines zerfallenen Stegs. Bronzene Kandelaber flankierten den Anlegeplatz. Efeu rankte sich um das Metall, das braun und schrundig war wie alte Rinde. Aus den Laternen hatte der Sturm die Verglasung herausgebrochen. Möwen nisteten darin.

Ein Weg aus weißem Marmor, der sich im Schatten der Pinien verlor. Zwischen den Stämmen Sträucher mit gelben Beeren. Grüne Dämmerung. Polster aus Moos. Große buntgefiederte Vögel. Aus Metall, aus Edelsteinen? Oder konnten sie sterben?

Auf dem weißen Marmor des Wegs die gebleichten Nadeln der Pinien. Mauern aus Rosen zu beiden Seiten des Wegs. Weiße Blüten. Aus Wachs, aus Seide? Oder konnten sie verwelken?

Zärtlicher, zudringlicher Duft. Zwischen den Lippen, im Mund, unter der Haut. Der Weg wurde breiter. Ein weißer Platz. Säulen. Leichtgeschürzte Göttinnen.

Das Mausoleum. Ein leeres Rund. Leere Wände. Eine Kuppel. Auf der Marmorbank kein Sarkophag, sondern Polster seidigen Lichts. Woher kam das Licht? Licht wie Seide. Zärtliches, kühles Licht, anschmiegsam ...

Die Cessna war jetzt über der Insel. Laura blickte hinunter. LAURALBA. In dieser Sekunde fiel ihr der Name ein, nach dem sie so lange gesucht hatten.

Laura drückte die Taste des Aufnahmegeräts:

»LAURALBA. Auf der ganzen Welt gibt es keinen Ort wie diesen. Zwei Stunden von Paris, drei von London, vier von Stockholm, eine von Zürich, eine von Rom – eine Insel, die das Paradies an Vollkommenheit übertrifft. LAURALBA – auf der ganzen Welt ist kein Ort, wo Sie glücklicher sein können.«

Laura drückte die Rückspultaste. Ihre Stimme war in der Kabine. Sie hörte aufmerksam zu. Wie oft hatte sie die Texte der Werbeabteilung abgelehnt? Wie oft hatte sie zu Galli gesagt: »Ein Traum. Wir wollen einen Traum verkaufen.« Sie lauschte auf ihre Stimme. Man mußte sehen, ob die Worte auf Papier auch noch gut waren.

Diese Insel war Lauras Entdeckung und Idee gewesen. Sie hatte an den Plänen und Modellen mitgearbeitet. Sie hatte die ersten Verhandlungen mit dem Fürsten Frevelli geführt, dem Besitzer der Insel, mit den Behörden. Die Besuche in der Präfektur. Das Abkommen mit dem Forstamt über die Reglementierung der hydrologischen Auflagen zum Schutz und zur Verbesserung des vorhandenen Waldbestands der Insel. Die Absprachen wegen der Wasserversorgung mit der E.D.D.P., wegen der Lieferung von elektrischem Strom mit der E.N.E.L. Das zähe Hin und Her mit dem urbanistischen Planer, der nicht einsehen wollte, daß er bei der Planung dieser Insel seine funktionelle Leidenschaft einmal vergessen mußte. Nein, keine Drähte für Strom und Telefon. Nichts, was an das Heute erinnerte. Villen in venezianisch-polisanischem Stil.

Ceno würde ein Milliardengeschäft aus der Insel machen, ein Geschäft mit den Reichsten der Reichen, mit Menschen, die, der Wirklichkeit müde, auf der Jagd nach Träumen waren. Das war das Geheimnis von Cenos Erfolg. Er verkaufte Projekte, die es zunächst nur in seiner Phantasie gab, die er aus dem Nichts erschuf.

LAURALBA. War sie schon wie Ceno, besessen von der Idee, aus Nichts Geld zu machen?

Nein, das war es nicht, was sie immer wieder hierherzog. War es die weiße Kuppel des Mausoleums? War es, daß der Tod diesen Ort verschmäht und der Natur zurückgegeben hatte? War ihre ungestillte Neugier auf das Leben vielleicht nur Neugier auf den Tod? Weil der Tod etwas war, an dem sie sich noch nicht hatte messen können? Weil er etwas war, gegen das noch kein Mensch recht behalten hatte? Weil der Tod in ihrem Leben vielleicht das einzige sein würde, das ihr nicht zu Willen war...

In der Kabine wurde es dämmrig. Die Insel trieb unter ihnen weg. Laura sah auf die Uhr. In einer Stunde erwartete sie Ceno.

Die Lichter Venedigs tauchten auf. Geschmückt lagerte es

dort, eine Witwe, die immer noch ihr Hochzeitsnegligé trug, mit einer Treue prunkend, die längst Ziel und Sinn verloren hatte.

Die Bogenlampen auf dem Ponte della Libertà brannten. Durch den Tunnel aus Licht und Wasserspiegelung fluteten die Wagen von Mestre herüber. In wenigen Wochen würde es hier still werden und Venedig leer, wie jeden Oktober nach der ersten Überschwemmung.

Im Hafenbecken von Mestre lagen Öltanker. Über Marghera und seinen Schloten hingen braungelbe Schwaden. Manchmal trug der Wind den Schwefelgeruch bis zur Via Olivi mit ihren Parks und den weißen Villen, die darin versteckt lagen.

Laura warf einen Blick auf das Paket hinter ihrem Sitz. Das weiße Fell drückte sich gegen die durchsichtige Plastikhülle. Sie würde das Fell in ihr Schlafzimmer nehmen...

2

Die Opfer, zu denen eine Frau fähig ist, um vor dem Mann zu verbergen, daß sie ihn ohne Liebe geheiratet hat, sind groß. Sie werden nur übertroffen von den Opfern, die sie bringt, um ihn nicht spüren zu lassen, wie tief er unter ihr steht.

Sie lernt seine Sprache sprechen; sie teilt seine Vergnügungen; sie erträgt die Menschen, die seine Freunde sind.

Sie verleugnet sich für ihn. Sie geht durch alle Phasen der Selbstaufgabe. Nur für ein Opfer fehlt ihr die Kraft: sich in gewisse Nebensächlichkeiten seiner Lebensgewohnheiten zu schicken.

Das Benehmen Lauras ließ darauf schließen, daß die Ehe sie nicht vor derartige Probleme gestellt hatte. Der Sinn für Opfer fehlte ihr vollkommen. Es wäre ihr nie in den Sinn gekommen, auch nur das geringfügigste Zugeständnis zu machen. Seit sieben Jahren war sie verheiratet, und seit sieben Jahren weigerte sie sich zum Beispiel, sich an den Mann zu gewöhnen, der auf Schritt und Tritt um Ceno war.

Er wartete mit dem Cadillac am Flughafen. Ihren Seidenmantel in den Händen, stand er neben dem offenen Schlag.

»Mir ist nicht kühl«, sagte Laura. »Ich nehme ihn so. Danke, Valentino.« Er wurde so genannt, weil er, dunkel und hochpoliert, an den Filmstar erinnerte. Laura wußte, daß er unter der taillierten Jacke des dunkelblauen Tuchanzugs an einem Schulterriemen eine Waffe trug. Sie wußte, daß die Nase mit dem schmalen Rücken das Werk eines kosmetischen Chirurgen war.

Valentino legte die Polarfuchsdecke in den Fond des Cadillac. Er hielt den Schlag auf.

»Ich brauche Sie nicht«, sagte Laura. »Fahren Sie nach Hause.« Sie wandte sich ab und ging zu dem roten Alfa Romeo mit dem offenen Verdeck.

Ivanka saß hinter dem Steuer. Laura berührte Ivankas

Arm, der auf dem heruntergekurbelten Fenster lag. Ein schwarzer Chiffonschal hielt das rötlichbraune Haar aus der Stirn. Der Schläfenknochen zeichnete sich ab. Wozu brauchte Ivanka eigentlich Make-up bei diesem starren Visier aus Arroganz und Melancholie? Es paßte zu ihr. Schade, daß sie es wußte. Ob ihr Gesicht auch im Schlaf so blieb? Nachts in dem Gipsbett, in dem sie seit dem Sturz vom Pferd liegen mußte, ihr schlanker, sehniger Jünglingskörper in dem weißen, harten Gips.

Laura spürte auf Ivankas Arm die kleinen Haare, die sich aufstellten. Nicht immer kam diese Reaktion so schnell. »Habe ich dich lange warten lassen?« fragte Laura. Sie stieg zu Ivanka in den Wagen. Sie zog den hochgerutschten Rock nicht über die Schenkel. Laura mochte ihre eigene Haut, die Honigfarbe, die seidige Textur, den unsichtbaren Flaum. Sie mochte ihren Körper, sie kannte ihn in allen seinen Reaktionen. Sie wußte, daß es nichts ganz Neues mehr für sie geben würde, daß sie mit dreiunddreißig Jahren alles erfahren hatte und daß die Jahre, die vor ihr lagen, nur noch Variationen bringen würden. Vielleicht wäre es anders gewesen, wenn sie Ceno nicht geliebt hätte. Vielleicht hätte sie dann Neugier auf das Spiel mit Ivanka empfunden.

Ivanka war die Frau des Fürsten Frevelli. Sie hatte Giulio noch während der Olympiade von Rom geheiratet, an der sie mit der polnischen Reiterequipe teilgenommen hatte. Für den Textilkönig war diese Frau, die an ihm als Mann so wenig interessiert war wie er an ihr als Frau, das Ideal, das er schon nicht mehr zu finden gehofft hatte. Sie lebten in einer Harmonie, wie sie nur in Ehen, die keine sind, möglich ist.

Die Öffentlichkeit hielt Laura und Ivanka für Freundinnen, aber das waren sie nicht. Am Anfang war es bei Laura Neugier gewesen, wie lange diese Leidenschaft, die Ivanka ihr entgegenbrachte und die sie ignorierte, andauern würde. Seit langem empfand Laura nur noch Langeweile. Gefühle, die aus so zähem Stoff gemacht waren, interessierten sie nicht. Dieser tödliche Ernst, damit verdarb Ivanka alles.

Wenn das dabei war, würde es nichts Neues sein. Den Geschmack der Leidenschaft kannte Laura.

Ivanka knickte die kaum angerauchte Zigarette mit zwei Fingern in der Mitte ab und warf sie aus dem Wagen. Dieses Brechen noch glimmender Zigaretten war eine ihrer typischen Gesten. Heute war Ivanka nervöser als sonst, so nervös, daß Laura sie fast mochte.

Bei Menschen, die unglücklich waren, wußte man wenigstens mit Sicherheit, daß sie lebten. Ihre Nähe wirkte belebend wie ein Nadelstich bei einer Anprobe, bei der man vor Langeweile umzukommen glaubte. Laura versuchte jedesmal durch überraschende Bewegungen etwas nachzuhelfen, aber zu mehr als einer kleinen blutenden Wunde an der Innenseite des Unterarms hatte sie es nie gebracht.

Vielleicht bestand Ivankas Unglück nur darin, daß niemand ihr Schmerzen zufügte. Vielleicht würden Schmerzen sie von ihren Problemen erlösen? Vielleicht fehlte nur dieser Schmerz in ihrem Leben? War es nicht Freundespflicht, ihr eine angemessene Dosis davon zu verschaffen? Vielleicht wäre es für beide Teile lohnend, sich etwas einfallen zu lassen.

»Bist du den ganzen Tag in der Sonne gelegen?« sagte Laura mit sanfter Stimme.

»Es ist Make-up.«

»Welcher Blinde hat es gemacht?«

»Ghirla. Von der Scala.«

»Du hast zu helle Augen dafür. Blaß steht dir besser. Kein Rouge. Lippen orange.«

»Orange ist passé. Außerdem hatte ich immer das Gefühl, es gefällt dir nicht.«

Laura lachte. »Die Wildseide steht dir.« Sie griff in die Knopfpasse von Ivankas Hemdblusenkleid, nahm sie zwischen die Fingerspitzen, wie man einen Stoff prüft. Aber das war nicht Lauras Absicht. Wie gut man mit den Fingerknöcheln sehen konnte. Die Rippen, der Büstenhalter aus Seidenbroché. Keine Verstärkung in den Schalen. Der Rand des Stützkorsetts.

Jetzt senkten sich Ivankas Lider, einen Moment flatterten sie. Die geraden Schultern wurden schwer, der Rücken sank in die Lederpolster.

Laura war zufrieden. Sie nahm die Hand weg. »Tabak, Mauve, Sand, das sind Farben für dich«, sagte sie.

»Ich wußte nicht, daß du überhaupt bemerkst, was ich trage.«

»Ich weiß sogar, daß du deine Unterwäsche eigens einfärben läßt. Saharafarben. Ich war schon in Versuchung, dich zu kopieren.« Laura beobachtete Ivanka, die rechte Hand, die immer auf dem Knüppel der Gangschaltung lag und nur in den Kurven zum Steuer griff. »Was tust du eigentlich den ganzen Tag?« fragte Laura. »Vermißt du das Reiten sehr?«

»Ich tue nichts. Ich warte auf etwas, das nie geschehen wird. Ich schaue mir bei diesem Warten zu, das mich alt macht – und das dich unterhält.«

»Wie heißt das langweilige Melodrama, das du da zitiert hast?«

»Du findest alles langweilig.«

»So ziemlich. Aber ich klage nicht. Ich werde mir etwas einfallen lassen dagegen. Etwas, das sogar Ceno überraschen wird.«

»Dann ist er also ein Teil deiner Langeweile. Ich wußte, daß es so kommen würde. Aber Ceno hat Glück. Ich hatte erwartet, daß du an dem Tag, an dem du aufhörst, ihn zu lieben, beginnen würdest, ihn zu hassen.«

Laura lächelte. »Ich bilde mir nicht ein, dich zu kennen, Ivanka, und es wäre gut, wenn du dir nicht einbilden würdest, mich zu kennen.«

Die Frauen sprachen nicht mehr. Das Klirren von Ivankas Armreifen und Lauras Metallgürtel ersetzte die Stimmen.

Der Wagen hielt an einer Ampel. Männer starrten in den Wagen. Laura sah auf ihre nackten Schenkel. Warum legte Ivanka nicht die Hand darauf? Wenn sie schon eine Frau begehrte, warum benahm sie sich dann nicht wie ein Mann? Wartete sie darauf, verführt zu werden?

»Wenn diese Männer heute abend mit ihren Frauen schlafen, werden sie dabei an uns denken«, sagte Laura.

»Du hast nichts anderes im Kopf.«

»Warum hast du eigentlich geheiratet?«

»Um einmal einen Mann beerdigen zu können.«

»Das muß ich Giulio sagen! Fürs Sterben hatten die Frevellis immer Sinn. Ihr Fanatismus für die Kreuzzüge...«

»Sie sind alle lebendig zurückgekehrt.«

»Du meinst, die Frevellis haben Schwierigkeiten mit dem Sterben? Selbst wenn sie guten Willens sind? Dann warst du leichtsinnig. Aber warum sollte es nicht einmal eine Ausnahme geben. Giulio ist Ästhet.«

»Ästheten sterben nie.«

»Gib die Hoffnung nicht auf. Du bist die geborene Witwe. Ich sehe dich schon. Schwarz, verschleiert, blaß – und glücklich.«

»Vielleicht kannst du mich überzeugen.«

»Wozu hättest du sonst geheiratet? Es gibt nun mal keinen anderen Weg, Witwe zu werden.«

Der Wagen schoß die geschwungene Auffahrt hinauf. Er hielt unter dem weißen Betonvordach, in dem sich Tag und Nacht hundert Leuchtkreisel drehten, die den Platz vor dem Lumati-Hochhaus mit dem hektischen Rhythmus ihrer Lichtwellen in eine ununterbrochene flutende Unruhe tauchten.

Ivanka stellte den Motor ab. In ihrer Hand mit den kurzen unlackierten Fingernägeln lag das goldene Feuerzeug, in der anderen die Zigarette.

»Einen Moment«, sagte Laura. »Erst muß die Farbe weg.« Sie nahm ihre weißen Glacéhandschuhe und wischte damit das Make-up aus Ivankas Gesicht. »Du solltest es einmal mit falschen Wimpern versuchen. Das würde deine Augen dunkler machen und von den Fältchen ablenken.«

»Ich weiß, daß ich älter aussehe, als ich bin, und du jünger, als du bist. Wahrscheinlich ist das das einzige, was dir an mir gefällt.«

»Grauhaarig und verwachsen gefielst du mir noch besser.«

Als Laura ihren Seidenmantel aus dem Fond holte, sah sie den Perückenkoffer. Sie schlug den Deckel auf, griff in das dunkle Haar.

»Eigenes Haar?«

»Aus meinen Mädchenzöpfen.«

»Trägst du sie dieses Wochenende in Vernier? Am Abend vor der Jagd? Oder danach?«

»Ich weiß noch nicht.«

»Leihst du sie mir bis dahin?«

Laura öffnete den Wagenschlag. Sie stieg aus. Sie wartete darauf, daß Ivanka nein sagen würde. Wartete sie nicht ununterbrochen darauf, daß jemand nein sagen würde?

Was mußte sie tun, um endlich einmal mit dem Kopf gegen eine Mauer zu stoßen?

Warum traf sie immer nur auf Luft, auf entnervende Nachgiebigkeit?

»Nimm sie nur«, sagte Ivanka.

Laura legte die Perücke in den Koffer zurück, drückte den Verschluß zu. Sie fuhr mit der Hand durch die Lederschlaufe. Sie beugte sich noch einmal in den Wagen. Ivanka hatte blendend ausgesehen mit dem Make-up. Jetzt war sie fahl. Etwas in diesem nackten Gesicht faszinierte Laura. Es war hungrig, unkeusch und maßlos. »Wenn ich ein Mann wäre, würde ich dich jetzt küssen«, sagte Laura.

»Sehen wir uns morgen in Vernier?«

»Natürlich.«

»Kommst du allein?«

»Nein, mit Ceno.«

»Könnten wir nicht zusammen fahren? Ceno kommt doch bestimmt später!«

»Du hast morgen so viel zu tun...«

Der Perückenkoffer baumelte an Lauras Hand, als sie die Wagentür zuschlug. Unter dem schwarzen Steuer Ivankas Knie. Die Furche zwischen den Beinen. Die braune Seide darüber. Trug sie Pyjamas, wenn sie in ihrem Gipsbett lag?

Allein, ohne Mann. Tat sie es selber? Dachte sie an Laura dabei? Daß es ihre Hand wäre?

Lust auf diesem Gesicht? Ja, Lust, die Tränen war, die Schmerzen war. Dieses Gesicht war nicht für ein Glück gemacht, das wohltat.

3

Schöne Frauen haben es leichter. Alle glauben das, und alle irren. Nur die Betroffenen wissen, daß es nichts Anstrengenderes gibt, als schön zu sein. Den schönen Frauen ergeht es wie den Heiligen. Schön zu sein ist eine ähnliche Beschäftigung, wie Wunder zu wirken, nur doppelt so schwierig.

Aus einem Krug mit Wasser Wein in die Gläser zu schenken, an einem verdorrten Zweig Grün sprossen zu lassen – es schmälert diese Taten der Heiligen nicht, daß jeder weiß, daß sie nach den Gesetzen der Natur unmöglich sind. Im Gegenteil. Man ahnt, daß nicht alles mit rechten Dingen zuging, daß vielleicht Gott selber mithalf, die Natur zu überlisten. Gerade dieser Verdacht, daß Gott, wenn ihm nur daran liegt, genauso unterhaltsam sein kann wie der Teufel, hüllt ein Wunder in jene Gloriole, von der jedes Auge sich entzückt blenden läßt.

Nur bei einer Spezies Wunder – bei der Schönheit der Frau – will die Welt die vollkommene Illusion, das Naturereignis, bei dem keine Absicht mitgewirkt hat, bei dem keine Hand geholfen hat, keine menschliche und keine göttliche. Schönheit, deren Zubereitung man sehen oder auch nur ahnen kann, ist kein Wunder. Vielleicht ist es im Hinblick auf Laura verfrüht, sie mit einer Heiligen zu vergleichen, aber zweifellos besaß ihre Schönheit die Mühelosigkeit eines Wunders.

Es gab niemanden, nicht einmal Ceno, der jemals eine Puderdose in ihrer Hand gesehen hatte oder Spuren von Lippenstift an Tassen und Gläsern, aus denen sie getrunken, ein Haar, das sich gelöst hatte.

Daß Laura eine kindliche Freude empfand, wenn sie in Hüten und Kleidern, die aus dem Kaufhaus stammten, Neid und Bewunderung erregte, zeigt, daß sie Witz, Selbstbewußtsein und Menschenverachtung genug besaß, um in ihrer Schönheit nicht viel mehr zu sehen als einen Taschenspielertrick, mit dem sie andere täuschte und sich selbst die Zeit kürzte.

Mit derselben Perfektion, mit der Laura aus ihrer Schönheit ein Wunder zu machen verstand, wußte sie ihre Arbeit im Unternehmen ihres Mannes als bravouröses Schauspiel des Müßiggangs darzustellen. Das Klappern ihrer roten Sandaletten über den schwarzen polierten Marmor der Eingangshalle. Der Blick, mit dem sie den Gruß des Portiers erwiderte, mehr als ein Lächeln, herzlicher, aber weniger liebevoll. Das Verharren an der Brunnenschale. Die achtlose Bewegung, mit der sie das gigantische Perpetuum mobile aus Stahl und Glas, das in der Eingangshalle stand, antippte. Der Anflug von Scheu und Verwirrung, als sie ihr Büro im neunten Stock betrat, in dem Ceno sie erwartete, nicht Ehefrau, nicht Kameradin, sondern Noch-nicht-Geliebte.

Ceno nahm Laura am Arm. Kurz über dem Ellbogen an seiner Lieblingsstelle, wo ihre Haut immer kühl war, und zog sie ans Fenster. Unten rollte Ivankas Wagen aus dem Schatten des Vordachs, sprang plötzlich vorwärts. Es sah aus, als würde das Auto aus der Kurve getragen, dann verschwand es in der Unterführung.

»Man könnte meinen, sie will Giulio zum Witwer machen«, sagte Ceno.

»Eine neue Variante für Giulio, die ihm bestimmt gefallen würde.«

»Ich bin nicht so sicher, jetzt während der Jagdsaison. Ivanka macht das ausgezeichnet. Als Gastgeberin könnte er sich keine Bessere wünschen. Erst seit Ivanka da ist, sind die Wochenenden in Vernier zu ertragen.«

»Grandezza polanska.«

Ceno warf Laura einen Blick zu. Er glaubte zu wissen, wie die Gefühle, die Ivanka seiner Frau entgegenbrachte, beschaffen waren. Es störte ihn nicht. Im Gegenteil, der Gedanke, daß Laura auch für ihr eigenes Geschlecht begehrenswert war, reizte ihn. Vielleicht wäre es anders gewesen, hätte es sich nicht um Ivanka gehandelt. Aber diese Frau konnte er sich gut vorstellen zwischen sich und Laura, eine widerspenstige Dritte, die Laura ihm nur noch näherbrachte.

Das geheime Begehren anderer für Laura war von Anbeginn ein Teil seiner Liebe gewesen. Damit hatte es begonnen, mit dem Blick eines anderen Mannes, in dem er Begehren gelesen hatte. Allen hatte er Laura weggenommen, allen, die sie vergeblich begehrt hatten, und allen, die sie vergeblich begehren würden. Ihm war die Beute zugefallen, um die andere gekämpft hatten.

Ivanka, ein anderer Mann, jede fremde Leidenschaft erhöhte nur den Wert dieser Beute. Warum sollten nicht andere Hände diesen schönen Leib berühren, sie würden ihm nichts wegnehmen, es wären nur Opfer, die einer Gottheit dargebracht würden. Ein Ritus, dessen Lohn ihm zufallen würde, ihm allein.

»Versucht sie nie eine Attacke?« Ceno hätte nicht zu fragen brauchen. Er kannte Laura, und er kannte Ivanka. Aber es bereitete ihm Lust, diese Worte auszusprechen. Es war wie die Beschwörung eines Priesters, der seiner Gottheit ein neues Opfer zuführen will.

»Niemals«, sagte Laura.

»Klingt enttäuscht.«

»Gelangweilt.«

»Bist du nicht neugierig?«

»Sie hat mich gefragt, ob ich morgen allein nach Vernier komme. Seit Jahren fragt sie das, seit Jahren gebe ich dieselbe Antwort. Sie besitzt keinen Funken Phantasie.«

»Dann muß man den Funken in sie hineinwerfen.«

»Du hast darüber nachgedacht?«

»Eben, als ich euch herfahren sah.«

»Und?« Laura trat vom Fenster weg. Sie zündete sich eine Zigarette an. Sie rauchte selten. »Ich höre«, sagte sie.

»Ich habe immer über Frauen nachgedacht. Ich bin ein Mann, der am liebsten sein Leben lang nichts anderes getan hätte.«

»Wie viele waren es vor mir. Das ist keine Frage, und ich hoffe, du weißt es nicht...« Nein, wissen hatte Laura nie wollen, es war eine Gedankenspielerei, der sie gerne nachhing. Sich einen imaginären Harem für Ceno auszudenken. Frauen, die seine Füße salbten, Frauen, die ihm Kühlung zufächelten, die sich vor ihm entkleideten, Frauen, die in unterirdischen Gelassen eingesperrt waren, gefesselt, nackt, auf seinen Schritt warteten, auf die Nacht, in der er sie zu sich holen und danach töten würde. Sie sah ihn an. »Vielleicht bin ich mit einem Gilles de Rais verheiratet und weiß es nicht einmal.«

Ceno lächelte nicht. Im Gesicht dieses Mannes gab es kein Lächeln, dieses Bitten um Liebe, diesen Zucker auf die Lügen. Es gab die kalten Gedanken auf der Stirn, die Verachtung um die schmale Nase, den tyrannischen Willen in den Augen. Das war der Condottiere.

Und es gab die hageren Wangen, die trockenen, gesprungenen Lippen, den Hals mit den Sehnen, die breiten, gekrümmten Schultern, nach vorne geneigt und immer angespannt, als rissen sie an ledernen Riemen. Das war der Galeerensträfling.

Laura lehnte die Stirn an dieses Gesicht, das sie liebte wegen seiner Grausamkeit, seiner Melancholie und seiner Häßlichkeit. Ihre Liebe hatte einmal die leidenschaftliche Wut und Hitze eines Zweikampfs besessen. In der Vereinigung ihrer Körper besaß sie es immer noch. Aber es war eine Corrida daraus geworden, weniger, ein Spiel. Nicht mehr göttlicher Ritus, nicht mehr die Arena des Todes. Es war das allzu weiche Lager des Glücks. Nicht mehr Leben, sondern Schlaf, nicht mehr Schmerz, sondern Narkose.

Laura wußte nicht, wie es ihr gelingen konnte, wieder zum Anfang zurückzufinden. Sie wußte nur, daß sie dorthin zurück mußte, um jeden Preis!

Ein Knopf am Sprechapparat leuchtete rot auf. Ceno drückte eine Taste. Trozzis Stimme. Ceno nickte. »Wir kommen.«

Er sah sie an. »Es ist soweit. Nächste Woche starten wir die Insel.«

»LAURALBA.« Laura sprach das Wort ohne Betonung vor sich hin. Ceno wandte den Kopf. »Sag es noch einmal.«

»LAURALBA.«

»Wann ist dir das eingefallen?«

»Eben, als ich über die Insel flog.«

Er nickte. »Das ist der Name! Die Anzeigen sind gut geworden. Die Texte solltest du dir noch einmal sorgfältig ansehen, auch die für den Prospekt. An ein paar Stellen klingt es immer noch nach Geschäft und Geld.«

»Das ist Trozzi. Am liebsten würde er eine Bilanz daraus machen. Ich war von Anfang an dagegen, es allein als Kapitalanlage zu verkaufen.«

»Die Texte gehen Trozzi nichts an.«

»Gerade deshalb. Er ist mehr bei Galli als in seinem Büro.« Laura nahm die kleine Tonbandkassette aus der Handtasche. »Im Flugzeug hat es gut geklungen. Genau, was wir immer suchten.«

»Das Mausoleum macht den Planern Schwierigkeiten. Trozzi ist nach wie vor dafür, es abzureißen.«

»Hat Giulio unterschrieben?«

»Morgen in Mailand wird alles perfekt, um zehn. Ohne Giulio, nur mit den Anwälten. Er kann nicht mehr zurück.«

»Immer noch ein schlechtes Gewissen gegen seinen Ahnherrn?«

»Schlimmer. Aberglaube. Er rückt nicht damit heraus, nicht einmal Bughati gegenüber. Nur Andeutungen.«

»Mir wird er es sagen.«

»In meinem Büro liegen die Vollmachten. Du mußt noch unterschreiben. Es ist vorteilhafter, die Firma auf deinen Namen einzutragen, außerdem war die Insel deine Idee. LAURALBA ...«

»Du findest immer einen Grund, etwas auf meinen Namen einzutragen.«

»Man muß seine Anwälte beschäftigen.«

»Gehört dir eigentlich auch noch etwas? Bald werde ich dich aushalten müssen.«

»Das ist eine meiner großen Illusionen. Eine reiche Erbin, eine Witwe, eine kalifornische Idylle, das schwebte mir vor, in meiner ersten Zeit in Amerika. Ich verfaßte regelrechte Bewerbungen, Bild, Charaktereigenschaften, Potenz, Weltanschauung, keine Antwort.«

»Du hättest dich bei einer verheirateten Frau bewerben müssen. Witwen haben den Idealzustand erreicht. Verheiratete Frauen glauben immer, ein anderer sei besser.« Laura öffnete einen Wandschrank. Licht flammte auf, ein dreiteiliger Spiegel wurde sichtbar. Sie sah sich an, ohne etwas an der Frisur oder dem Make-up zu korrigieren.

Ceno stand hinter ihr. Sie trug einen dünnen Metallgürtel zu dem tomatenroten Kleid aus Seidenjersey. Die Rückenwirbel zeichneten sich ab. Mit zwei Händen konnte er ihre Mitte umspannen. Seit sieben Jahren war er mit ihr verheiratet, aber er hatte sich immer noch nicht daran gewöhnt, daß sie ihm gehörte. Er würde sich nie daran gewöhnen. Es würde nie verbriefter Besitz werden, es würde immer unrechtmäßige Beute sein.

Eine Lombardi. Einem Mann der Cosa Nostra (auch wenn er inzwischen zur Cosa Cristiana übergewechselt war und gelernt hatte, daß perfekte Rechtlichkeit etwas war, das spannender war als alles andere) stand das nicht zu. Er wußte, daß alle so dachten, die ihn von früher kannten. Er wußte, daß alle im geheimen auf etwas warteten. Er selber wartete darauf. Die Zeit war längst abgelaufen. Unglück konnte so lange dauern, nicht Glück. Irgendwo ging eine Uhr falsch. Irgendwann würde jemand es bemerken und sie richtigstellen, vielleicht morgen schon.

Sieben Jahre. Sieben Jahre mit Laura. Diese Stunde noch, diesen Abend noch, diese Nacht, was würde dann sein?

Laura hörte, wie er zu Hause anrief und anordnete, das Abendessen in einer Stunde im Schlafzimmer zu servieren.

Die Modelle der Insel standen auf weißen Kunststoffwürfeln. An den Wänden hingen Skizzen, Flugaufnahmen, farbig, schwarz-weiß. Auf Metallständern lagen die Andrucke der Prospekte, die Layouts der Zeitungsinserate.

Der Promotion-Stab war versammelt, Männer, zu deren Beruf es gehörte, jung zu sein, weder im Gehirn noch sonstwo Fett anzusetzen. Über ihren Köpfen, zwischen ihren Köpfen die schwarzen Kugeln der Strahler mit den vorstehenden drehbaren Lichtpupillen.

Laura sah sich zuerst das Modell der Unter-Kolonie an. Die Gruft unter dem Mausoleum hatte sie auf die Idee gebracht, einen Teil der Insel zu unterminieren. Diese unterirdische Stadt sollte all das aufnehmen, was mit Technik, mit Lärm, mit Schmutz zu tun hatte. Das Wasserreservoir, die Pumpen, die Transformatoren für den Strom. Ein Kühlhaus für Lebensmittel. Tanks für Süßwasserfische und Hummer, Wäscherei, Unfallstation. (Zur Diskussion stand noch Trozzis Vorschlag: ein U-Boot-Bunker – Fluchtmöglichkeit bei einem Weltkrieg.)

Laura hatte ihren kleinen Merkblock in der Hand. Sie gab Sacchetti, dem Leiter des Architekturbüros, einen Wink. »Kann ich jetzt die Dias sehen?«

Die Lampen erloschen. In der Wand öffnete sich eine Klappe. Ein Lichtstrahl – die Bilder, wechselnd. Laura notierte sich die Nummern, die für den Prospekt in Frage kamen. Bei manchen war die Täuschung vollkommen. Es waren diejenigen, bei denen im Hintergrund die Silhouette des Mausoleums auftauchte, die weiße Kuppel.

Die Lampen flammten wieder auf. Jemand schob den Metallständer mit den Andrucken vor Laura hin. Sie las die Texte. Sie schüttelte den Kopf. Es mußten Sätze sein, vage wie der Beginn eines Traumes, eine Melodie, die das Denken auslöschte.

Dantone, der neben ihr stand, lächelte. Jacketkronen. Pepitaanzug. Weißer durchsichtiger Seidenpullover. Ob er sein Haar selber bleichte? Laura reichte ihm das Tonband. »Vielleicht ist etwas Brauchbares dabei. Lassen Sie Ihren Leuten keine Ruhe. Es gibt immer noch etwas Besseres. Für LAURALBA brauchen wir das Beste.«

Laura trat zu dem Hauptmodell. Bevor sie noch etwas

sagen konnte, ergriff Trozzi das Wort. »Diese Insel sagt Leben, Leben, Signora Lumati. Wir müssen das Mausoleum opfern. Ich bin nach wie vor dafür, den Golfplatz vom Strand weg dorthin zu verlegen.«

»Ohne Mausoleum ist es bloß noch irgendeine Insel. Man braucht nur die Dias anzusehen.«

»Wenn Sie darauf bestehen, müssen wir aus dem Mausoleum irgend etwas anderes machen.«

»Thermen.«

»Ein Museum.«

»Es müßte möglich sein, die Konzession für eine Spielbank zu bekommen.«

»Das Mausoleum sagt Tod. Und der Tod hat nichts auf dieser Insel zu suchen.«

»Sie sind Amerikaner, Taylor. Sie haben Angst vor dem Tod«, sagte Laura.

Ceno Lumati beobachtete Laura; er mußte daran denken, daß bei den Lombardis seit Jahrhunderten jedes Kind noch am Tag der Geburt seinen Platz und seine Urne in der Familiengruft zugewiesen bekam. Es geschah ohne Pomp, ohne Betonung, mit derselben Nüchternheit, mit der das Neugeborene ins Familienregister eingetragen wurde. Man stellte etwas fest, weiter nichts. Dieses selbstverständliche Verhältnis zum Tod hatte für die Lombardis Gott mit der Zeit entbehrlich gemacht.

»Wie wäre es mit einem Musikpavillon?«

»Wenn du jemand findest, der den Schall wegsteuert.«

»Oder ein Theater.«

»Bezirk der Stille.«

»Hain der Weisheit.«

»Eine Tempelschule.«

»Du bist unverbesserlich.«

»Ich bin sicher, euch fällt noch viel ein«, sagte Laura. »Seht euch noch mal die Dias an. Fahrt hinaus zur Insel. Schreibt alles auf. Auch das Verrückteste. Wenn das Richtige dabei ist, weiß ich es sofort.«

»Die Zeit drängt! Ich begreife nicht, warum Sie so hartnäkkig darauf bestehen.«

Laura richtete einen der Strahler auf die kleine weiße Kuppel des Modells. Die Köpfe der Männer verschwanden. Es gab nur noch diese Miniaturinsel auf dem drei mal sieben Meter großen Brett, das sich kräuselnde Meer, den weißen Strand, die vom Wind geneigten Pinien, die Rosen, die Marmorpfade, die Gärten, die weißen Villen. Brunnen, Pavillons, Reitwege, Treppen, die sich im Meer verloren – und die weiße Kuppel des Mausoleums.

»Wir werden diese Frage endgültig am Montag entscheiden«, sagte Laura.

4

Es ist eine alte Streitfrage der Wissenschaften, wann die Frau das Denken eingestellt hat; wann sie, geleitet von ihrem instinktiven Mißtrauen gegen alles, was der Mann besonders gerne tut, herausfand, daß am Anfang jeden Übels ein Gedanke stand. Sie wußte jetzt, woher das Böse kam. Aus dem Gehirn, aus der Phantasie. Sie hütete sich, von dieser Entdekkung zu sprechen. Der Mann hätte sie nicht verstanden, er war bereits zu verdorben vom Denken.

Sie konnte nur noch sich selber aus den Klauen des Teufels erretten, und das tat sie mit der Entschlossenheit, die sie in aussichtslosen Situationen aufbringen konnte.

Köstlicher Friede eines fest verriegelten Gehirns, einer gefesselten Phantasie! Wie einfach das Leben plötzlich war. Der Stimme der Natur folgend, war alles, was sie fortan tat, gut und unschuldig: Lüge, Ehebruch, Gattenmord.

War es Lauras gefährlicher Hang, anders zu sein, war sie von einer widernatürlichen Mutter erzogen worden? Oder war es ihre geradezu fanatische Neugier auf die Sünde? Ihr Verhalten deutete darauf hin, daß sie die vielzitierte Ausnahme von der Regel war. Es bereitete ihr geradezu physische Lust zu denken, aus dem Nichts Dinge zu erschaffen, die nur für sie existierten, sich im nüchternen Licht der Wirklichkeit dunklen Exzessen der Phantasie hinzugeben.

Es ist noch zu früh, um zu entscheiden, ob Laura das zum Glück oder Unglück ausschlug.

Den schwarzen Reitdreß auf der nackten Haut, saß sie auf der Bank in dem weitläufigen Bad mit den Spiegelnischen. Die schwarzen Stiefel standen am Boden; der orangefarbene Lack auf den Zehennägeln war noch nicht trocken.

Nebenan, im Schlafzimmer, traf Valentino die Vorbereitungen für das Abendessen. Laura öffnete die Tür. Ceno stand vor dem brennenden Kamin. Valentino reichte ihm auf einem Silberteller ein Glas. Die beiden Männer sprachen nicht.

»Für mich eine Bloody Mary, Valentino.« Laura schloß die Tür. Sie wartete. Ein Tablett in der Hand, erschien Valentino. Laura deutete auf das Alabastertischchen. Er stellte das Glas ab. »Zwei Eiswürfel?«

Laura nickte. Immer, wenn sie Valentino anschaute, suchte sie nach Narben, nach geheimen Zeichen aus der Zeit in den Staaten, stummen Verrätern der Grausamkeit, zu der dieser Mann fähig war und für die Ceno ihn bezahlt hatte und sicher noch bezahlte. Aber sie fand keine. Die Haut war braun, glatt, immer frisch rasiert. Nicht einmal Linien gab es in diesem Gesicht. Es bot keinen Platz für Gefühle. Es war wie Cenos Schweigen über seine amerikanischen Jahre.

Zwei Eiswürfel fielen in das Glas.

Einmal hatte Ceno ihr eine Fotografie gezeigt. Ceno in der Mitte von neun Männern in hellen Sommeranzügen vor einem schwarzen Lincoln. Ceno hatte ihr die Namen genannt: Momo, Balderisi, Lickman, Nerone, Fifi, Tradicante, Gubbo, Varas. Männer wie diese trugen in ganz Italien bei Prozessionen die Mutter-Gottes-Statue auf den Schultern, die Hemden schneeweiß, die Haare glänzend vor Pomade. Und in manchen Teilen Italiens erledigten sie in demselben Sonntagsstaat und mit derselben Sorgfalt ihre Dienste für die Mafia. Bis auf Ceno und Valentino lebte keiner mehr von ihnen.

Es war an einem Abend gewesen, als Ceno ihr die Fotografie gezeigt hatte. Später, mit Ceno im Bett, hatte sich das Schlafzimmer plötzlich mit diesen Männern bevölkert, mit den acht, die tot waren und von denen Ceno ihr nichts als die Namen gesagt hatte. Sie hatten zugesehen, wie Ceno sie besaß, und nachdem Ceno eingeschlafen war, hatten sie seinen Platz eingenommen, einer nach dem anderen.

Das leere Tablett in der Hand, stand Valentino da. In jedem der Spiegel wiederholte er sich. »Sie können gehen«, sagte Laura.

Sie war wieder allein. Im Schlafzimmer deckte Valentino den Tisch für das Abendessen. Das leise Klappern der Teller und Bestecke vermischte sich mit der Musik, die aus der Stereoanlage kam. Es war das Band mit Jazz aus den zwanziger Jahren. Manchmal tauchte zwischen den Instrumenten eine rauhe Stimme auf, halbe Sätze, Wortfetzen.

Eine Tür ging. Auf dem Gang die Schritte Valentinos, das Klirren des Servierwagens – dann verlor sich beides. Die Musik verstummte. Es war still im Raum. Es gab nur noch das flatternde Geräusch der leerlaufenden Tonbandspule. Hatte sie es gelesen? Hatte Ceno davon gesprochen: FBI-Agenten, die Mikrophone zwischen Kisten von Spaghetti, Reissäcken, Ölkannen und Dosen mit Tomatenmark versteckten, um Beweise zu sammeln. Der Richter hatte die Tonbänder bei der Gerichtsverhandlung nicht als Beweismittel anerkannt.

Aus den Mikrophonen der Stereoanlage kam immer noch das Geräusch der leeren Spule, der Summton des eingeschalteten Apparats. Laura saß lauschend da. Sie hörte etwas anderes, Stimmen ...

»Momo sagt, er hat so das Gefühl, du wärst wütend auf ihn.« Valentinos Stimme, leise wie sein Schritt. »Er sagt, die Informationen stimmen nicht, niemand hätte ihn gesehen, perfektes Alibi.«

»Er muß ein schlechtes Gewissen haben, wenn er das sagt.« Das war Ceno. »Wird er reden?«

»Ich meine, wir sollten ihm keine Gelegenheit dazu geben. Wir könnten die Sache in einem abmachen. Momo und Tradicante.«

»Ich dachte, die Sache mit Tradicante wäre gelaufen.«

»Ein rein logistisches Problem. Wir lagen die ganze Woche auf der Lauer. Momo und Tradicante haben das Haus am Strand nicht einmal verlassen.«

»Ich gebe euch noch drei Tage.«

»Überlasse das nur Nerone und mir. Wir lösen uns ab. Einmal müssen sie ja herauskommen. Wir haben den Wagen dabei. Wir ziehen sie herein. Selbst wenn sie schreien, da draußen hört sie niemand. Im Wagen machen wir sie fertig.

Dann suchen wir ein schönes Plätzchen für sie in den Sümpfen.«

»Ich will kein Blut im Wagen. Ihr müßt sie leben lassen, bis ihr einen guten Platz gefunden habt.«

»Tradicante ist ein Mann von drei Zentnern!«

»Zum Teufel, wir können es uns nicht leisten, mit Toten spazierenzufahren. Verstanden?«

»Ja...«

Es war still im Bad. Das Tonband hatte sich abgeschaltet. Das Wasser war aus der im Boden versenkten doppelsitzigen Wanne abgelaufen.

Nur Ceno und Valentino waren übriggeblieben von den zehn. Das Schweigen nützte Ceno nichts. Das Schweigen war nicht sein Verbündeter, sondern sein Verräter. Laura brauchte nur die Augen zu schließen, und aus dem Schweigen wurden Stimmen. Die Toten würden reden, wenn sie es wollte. Sie würden ihr berichten, wie es war.

Alle hatten ihr zu Willen zu sein. Auch Ivanka. Sie trug ihre Perücke. Sie spürte das rötlichbraune herabfallende Haar auf ihren Schultern. Sie hatte sich blaß geschminkt. Die Augenbrauen gerade, die Lippen orange.

Ceno war neugierig auf Ivanka. Auf Ivanka, die nachts in einem Gipsbett schlief. Ivanka, die Männer haßte. Ivanka, die Laura liebte.

Es würde unterhaltsam sein, Ceno und Ivanka zuzusehen.

Der Lack auf den Nägeln war trocken. Laura fuhr in die Stiefel. Sie trat vor den Spiegel. Ivanka. Die Schultern etwas höher. Den Hals steif. Es war nicht schwierig, Ivanka zu spielen.

Laura löschte das Licht und trat hinaus.

Ceno hielt ein Glas in der Hand. Die Flüssigkeit darin war bernsteinfarben. Er stellte das Glas auf den Tisch. Er erhob sich und kam Laura entgegen.

Er zog das Zigarettenetui. Sie griff hinein. Er gab ihr Feuer. Sie rauchte, wie Ivanka es tat, hastig, gierig, ohne

Genuß. Sie setzte sich, mit steifem Rücken, mit geradem Hals.

Ceno stand neben ihr. Er reichte ihr ein Glas. Seine Hand legte sich auf ihre Schulter. Ihr wurde heiß. Sie wollte die Hand wegstoßen, aber sie hatte das Glas in der Hand, die Zigarette. Sie knickte die Zigarette in der Mitte ab. Eine Frau, die nachts in einem Gipsbett schlief, war nicht geschmeidig in ihren Bewegungen. Sie kam mit dem Fingernagel in die heiße Asche. Es zischte leise, und dann war im Lack ein flacher bräunlicher Krater.

Warum stand sie plötzlich? Wo wollte sie hin? Dort das Bett. Der Mann. Sein Hemd war offen. Sie hatte es vorhin nicht bemerkt. Wie eng die Hose war. Er hatte ihren Blick bemerkt. Er ging zur Tür. Er zog den Schlüssel ab. Er trat an den brennenden Kamin. Er nahm einen Haken vom Ständer und stieß die Scheite wieder nach hinten. Funken sprühten über die Esse.

Der Mann schien im Feuer zu stehen. Jetzt trat er aus dem Flammenschein. Sein Schatten wuchs über die Wände. Er kam auf sie zu.

Wo war Laura? Laura hatte sie hierhergeschickt, hatte sie in diese Falle gelockt, hatte sie diesem Mann ausgeliefert. Wo war Laura jetzt? Ihr Fuß verfing sich in dem weißen Fell. Sie taumelte. Die Arme des Mannes fingen sie auf. Sie roch den Atem des Mannes. Ekel stieg in ihr auf. Sie trat mit den Füßen nach dem Mann. Der Rücken tat ihr weh. Sie biß die Zähne zusammen. »Nein! Nein!«

Sie hatte keinen Boden mehr unter den Füßen. Sie fiel. Sie versank in weichen Polstern, die Lauras Duft ausströmten.

Wo war Laura? Sie mußte doch sehen, was Ceno tat. Was in ihrem Bett geschah. Oder hatte sie es gewollt? Stand sie dort hinter den Vorhängen und sah zu, mit ihren sanften Augen, mit ihrem sanften Lächeln? Eine kleine Abwechslung, ein kleiner Scherz, ein Amüsement, das ihr die Langeweile vertrieb?

Nein! Nein! Sie bäumte sich auf. Aber der Rücken trug sie

nicht. Der Schmerz brach ihn entzwei. Der Mann über ihr wandte keine Gewalt an. Warum nicht? Etwas fiel zu Boden. Der Gürtel der Reithose? Er zog sie nicht einmal richtig aus. Sie schrie nach Laura.

Sie schloß die Augen. Sie wollte nichts mehr sehen. Sie konnte sich nicht wehren, der Mann war der Stärkere. Sie mußte ihn gewähren lassen, aber sie würde sich rächen dafür. Nie mehr sollte er das mit einer Frau tun. Auch mit Laura nicht. Das würde ihre Rache sein. Erst wenn er tot war, würde sie wieder leben können...

Warum dauerte es noch immer an? Warum nahm es kein Ende? Lust, die dem Haß entsprang, dem Schmerz, Lust, die eine Fremde für sie erlitt, die sie als Fremde gewährte. Lust, die Betrug war, Hasardspiel, Verschwörung, Lust, die neu war, für Ceno, nicht für Laura.

Ihr Körper verriet sie, er gehorchte ihrer Phantasie nicht. Er war plötzlich wieder Laura und hatte kein anderes Verlangen als diesen Mann, als diese alte, oft geschmeckte Lust der Treue.

Laura trug immer noch die Stiefel an den Füßen. Sie lag mit offenen Augen auf dem Bett, und doch war es eine Art Schlaf, ohne Denken, ohne Empfinden, nur Atmen, nur das Gefühl der eigenen Schwere, der Vibration des Lebens unter der Haut, in den Gefäßen, diesen Mechanismus, der losgelöst von ihr zu existieren schien und zu dem auch das Schlagen der Uhr und das Knistern des Feuers gehörte. Ceno lag schlafend neben ihr, Ivankas Perücke in den Händen.

Laura löste die Perücke aus seinen Fingern und warf sie in das Feuer, das im Kamin brannte.

5

Daß noch kein Mann mißtrauisch wurde gegen die Häufigkeit, mit der die Frau das Wort *lieben* benützt. *Lieben* ist das Allzweckverbum der Frau. Es dient ihr zu allem: zu lügen, zu bemitleiden, zu vergessen, zu spotten, zu beleidigen, zu erniedrigen, zu verführen, zu ernüchtern, zu ermutigen, zu hassen, zu lieben, zu verachten. Es ist das Wort, mit dem sie ihre Besitzansprüche anmeldet. Es ist ihr Konfiskationsstempel. Alles, was sie beherrschen möchte, was sie sich zu unterjochen gedenkt, liebt sie.

Zum Leidwesen der Frau wissen weder der Ehemann noch die Kinder das Übermaß der Liebe, das ihnen zuteil wird, zu würdigen. Ihre Reaktion ist Undank, Auflehnung, Flucht.

Wen wundert es, daß Frauen nach geduldigeren Opfern Ausschau halten. Hunde, Katzen, Vögel sind Notlösungen; das ideale Opfer ist das Haus. Es bietet eine breite Angriffsfläche, und es hat keine Chance, zu entkommen.

Wenn es gilt, ein Haus zu ihrem Haus zu machen, ist der Einfallsreichtum der Frau unerschöpflich. Immer wieder entdeckt sie eine Stelle, die sie sich noch nicht untertan gemacht hat.

Die Frau wütet, bis das Haus alle Strafen, die ihre Liebe sie ersinnen läßt, erduldet hat, bis seine ursprüngliche Gestalt verstümmelt und unkenntlich geworden ist – bis es das Monstrum geworden ist, zu dem die Liebe der Frau ihre liebsten Opfer zu machen pflegt.

Wenn man, davon ausgehend, Lauras Verhältnis zu dem Haus, in dem sie lebte, überprüft, muß man eine extreme Abweichung von der Norm feststellen. In einem venezianischen Palazzo aufgewachsen, dessen Räume noch niemand gezählt hatte, war die weiße Villa aus dem Risorgimento an der Via Olivi, im Villenviertel Mestres, in das sie nach ihrer Heirat gezogen war, für Laura so etwas wie die Suite eines

Hotels. Und sie war nicht anders verfahren wie im Hotel, als sie ihre eigenen Sachen aufstellen ließ. Achtlos, nur der Laune ihres Geschmacks folgend, hatte sie byzantinische Beutestücke, venezianisches Rokoko, französisches Empire und Funktionelles von Laudino aus Turin gemischt.

Sie hatte keinen Monat dazu gebraucht. Als sie fertig war, hatte sie das Haus an der Via Olivi sich selbst und dem siebenköpfigen Personal überlassen und begonnen, im Unternehmen ihres Mannes zu arbeiten. Ein gesellschaftlicher Skandal, wenn es nicht Laura gewesen wäre, eine Lombardi. In dieser Familie hatten immer die Frauen die Schiffe gesegelt, hieß es in Venedig. Laura setzte diese Tradition nur fort, als sie mit achtzehn Jahren als Frontreporterin nach Dien Bien Phu und später nach Algerien und Kuba ging, als sie nach dem Tod ihrer Eltern den Palazzo Lombardi und die Hälfte ihres Vermögens in eine Stiftung für junge Komponisten umwandelte. Niemand erwartete von dieser Frau, daß sie, nur weil sie jetzt verheiratet war, daß Leben einer matrona domestica führen würde.

Was sollte Laura in einem Haus, in dem es nichts für sie zu tun gab, als sich zu langweilen. Der Morgen, der mit der Sonne begann. Die halbe Stunde im Schwimmbad unter dem Haus. Sieben mal zehn Meter, Meerwasser auf 28 Grad erhitzt, subtropische Pflanzen, Lampen, die Sonnenlicht vortäuschten, weißer, warmer Sand am Boden. Ein Raum mit Massagegeräten, Rüttelliegen, Fahrrädern. Ein Schießstand. Die halbe Stunde vor dem Spiegeltisch in ihrem Boudoir. Ein Glas Fruchtsaft. Musik vom Band. Unter den Schminksachen der kleine Merkblock, auf dem sie die Anweisungen für das Personal notierte. Überall lagen diese Blöcke, die es Laura ersparten, mündliche Befehle erteilen zu müssen, immer dieselben Nichtigkeiten, die auszusprechen ihr so lästig waren. Sollte sie jeden Tag den Friseur kommen lassen? Den Masseur? Den Schneider? Nur um sich noch anstrengender zu langweilen?

Es gab nichts für sie zu tun, nicht einmal an diesem Freitag, an dem das Gepäck für das Wochenende in Vernier fertiggemacht wurde. Der Wagen, in dem Ugo damit vorausfahren würde, stand draußen im Hof.

Das Haus war ungewohnt leer. Laura ging in die Küche. Wann hatte sie die Menükarten für die Katzen und Hunde das letztemal kontrolliert? Sie blätterte den Merkkalender durch. Mit Rotstift brachte sie die Korrekturen an. Sie schrieb neue Mittel auf, die besorgt werden mußten. Ein Tönungsshampoo für die blaugrauen Angorakatzen. Sie unterstrich die Wassertemperatur der Bäder zweimal. Für das Windspiel setzte sie Hammelleber auf den Speiseplan, sie strich bei den Katzen den Fisch.

Sie zog ein paar Schübe auf, schaute in die Fächer, fuhr mit der Hand über die Herdplatten. Diese vollkommene Ordnung und Sauberkeit waren beängstigend. Sie betrat das Bügelzimmer. Eine Schüssel mit frisch angemachter Stärke stand auf dem Tisch, dünnes Linnen war darübergebreitet, damit keine Fliegen hineinfielen. Die Tür zum Zimmer der Zofe stand offen.

Laura verschloß sie hinter sich, schob den Riegel zu. Auf dem Nachtkästchen stand ein Transistorradio, am Boden lag ein Stoß Fotoromane, obendrauf ein französisches Wörterbuch in einem roten Plastikeinband.

Laura öffnete den Schrank. Sie blätterte die billigen Kleidchen durch, steif von der Appretur, wertloses Zeug. Lange gehegte Träume, mühselig erspart. Sie hingen da, manche noch nie getragen, manche schon wieder aus der Mode. Durch eine deutliche Lücke getrennt davon die blau-weißgestreiften Kretonnekleidchen ihrer Zofentracht für den Tag und die schwarzen mit den weißen Manschetten und Kragen für den Abend. An einem Halter in der Schranktür die passenden Schleifen, die Luisa dazu im Haar trug, die gestärkten Schürzen, wenn sie beim Servieren aushelfen mußte.

In den Fächern stapelte sich die Aussteuerwäsche. An den Abenden stickte Luisa ihr Monogramm hinein, verschnörkelte, kaum erkennbare Buchstaben, genau wie sie es bei der

Herrschaft gesehen hatte. An den Rändern kam an manchen Stellen das Blau der aufgebügelten Schablone durch. Jedes Stück in diesem Schrank, jede Perle der billigen Ketten, die dort in dem alten Strickkorb lagen – für Luisa bedeuteten sie Glück. Der Wunsch nach einem neuen Paar Schuhe hatte für Luisa den Stachel eines Vergehens, war etwas, das sie verfolgte, das sie quälte, das sie schnell zur Post laufen ließ, wenn sie ihren Lohn bekam, von dem sie jeden Monat die Hälfte ihrer Mutter nach Brescia schickte.

In eine Plastikhülle eingeschlagen, stand eine schwarze Lacktasche am Boden des Schranks. Laura löste die Hülle, öffnete die Tasche. Die Tausend-Lire-Scheine lagen offen darin. Laura zählte sie. Dreißigtausend. Die andere Hälfte des Lohns. Die Hälfte für Luisas Wünsche, für ihre Träume.

Laura nahm das Geld. Dreißig Scheine. Wohin damit? War sie nervös? Luisa würde nervöser sein, wenn sie das Geld suchte. Es würde schrecklich für sie sein. Sie würde weinen. Für Luisa waren diese fehlenden Scheine ein Unglück, das Laura nicht kannte und um das sie Luisa beneidete.

Laura steckte die Scheine zu sich. Für einen Augenblick hatte sie die Langeweile diese Morgens vergessen. Fand sich noch etwas?

Um in Valentinos Zimmer zu gelangen, mußte Laura zurück auf den Gang. Die letzte Tür. Nur einmal, als Valentino dort einzog, war sie in dem Zimmer gewesen.

Sie hatte die brutale Kahlheit dieses Raums vergessen. Die Fensterflügel standen auf. Von draußen hörte sie die Stimmen von Valentino und Ugo, die zwischen Haus und Auto hin und her gingen. Der Raum war unverändert. An der Wand stand das eiserne Bettgestell, daneben der Stuhl, der Panzerschrank, von dem die graue Farbe abblätterte. Gegenüber der Tisch. An der Wand das Waschbecken und darüber ein runder Spiegel mit Neonröhre.

Zwei Packungen der langen dunklen Zigarren, die Valentino rauchte. In Metall gerahmt die Fotografie, die auch Ceno besaß, der schwarze Lincoln und die zehn Männer in Sommeranzügen, von denen nur noch zwei lebten.

Auf dem Tisch, über den eine dunkle Decke gebreitet war, lagen die vier Jagdgewehre für das Wochenende in Vernier. Es waren doppelläufige amerikanische Bockflinten, Browning Superposed, Ausführung Midas, der Schaft aus französischem Walnußholz, handpoliert. Spezialstahl, violettblau. Goldene Einlegearbeiten, 18karätig, Vögel und Hunde. Zwei trugen Lauras Namen eingraviert, zwei Cenos.

Mitten im Raum stand ein Kleiderständer. Das Schultergestell aus massivem poliertem Mahagoni, darunter die Platten, zwischen denen die Hosen gespannt und gedämpft werden konnten. Ein schwarzes Kabel lief zur Wand hinüber.

Im Panzerschrank steckte der Schlüssel. Laura drehte ihn um, zog die schwere Tür auf. In den mit grünem Filz ausgeschlagenen Schüben lagen Waffen, Revolver, Pistolen, zerlegte Gewehre, Kästen mit Munition. In den zwei untersten Fächern, gestapelt und mit Bändern verschnürt – Handschuhe aus weißem Glacéleder. Der Duft von Parfüm stieg auf. Laura nahm eines der Bündel. Es waren Handschuhe von ihr. Handschuhe, die sie getragen und abgelegt hatte. Etwas in ihr bewegte sich. Der Magen? Das Herz? Hitze stieg den Hals herauf. Der Geschmack von Zorn?

Daß Valentino eine Frau wie ein Mann ansah, war Laura nie in den Sinn gekommen. Verbrechen, Schweigen, das war Valentino für sie, ein sichtbares Zeichen für das Leben, das Ceno in der Vergangenheit geführt hatte. Ihre Phantasie hatte Valentino eingeordnet wie einen Gegenstand, über dessen Herkunft und Geschichte Ungewißheit herrschte.

Schritte kamen den Gang entlang.

Laura legte die Handschuhe zurück. Sie schloß den Panzerschrank. Valentino öffnete die Tür. Irrte Laura sich, oder wurde er blaß? Der Ansatz des Bartes, sonst unsichtbar, trat deutlich hervor, eine dunkle Linie in der braunen Haut. Die vier Knöpfe seiner taillierten Jacke waren geschlossen. Er trug wie immer Handschuhe aus weißem Waschleder.

Lange Zeit hatte es Laura genügt, daß es in Cenos Leben diese Vergangenheit gab. Das Schweigen darüber war eines der Geheimnisse ihrer Liebe gewesen, ein dunkler heftiger Reiz. Aber er hatte sich verbraucht. Das Gift hatte sich verflüchtigt. Nur noch in der Erinnerung existierte es.

Gestern abend, im Bad, hatte das Schweigen Stimmen bekommen. Aber sie wollte mehr wissen. Alles, was damals geschehen war. Laura nahm die Fotografie in die Hand. »Du warst der Jüngste, nicht wahr?«

»Nein, Fifi war jünger.« Er verbesserte sich: »Buccieri.«

»Der Boxer?«

»Er war der Jüngste.«

»Und Momo?«

»Momo war älter.«

»War er euer Killer?«

»Momo war Tapferkeitsoffizier.«

Laura ließ Valentino nicht aus den Augen. »Wie habt ihr drüben gelebt? In Hotels? In Schlupfwinkeln? Oder wie Bürger?« Sie stellte die Fotografie zurück. Was war los mit ihr? Gleich würde sie zu bitten anfangen. Was ging sie das alles an? Sie suchte etwas anderes. Sie suchte die Spur von Grausamkeit, Blut und Verbrechen, die sich durch Cenos Leben zog. »Wie sind Momo und Tradicante gestorben? Sie waren die ersten, nicht war? Wieviel Zeit habt ihr gebraucht für alle acht? Antworte!«

»Verzeihung, Signora Lumati, das sind Fragen, die Sie mir nicht stellen sollten.«

Warum war sie überhaupt noch hier? Um sich demütigen zu lassen? Waren nicht auch die Handschuhe dort in dem Panzerschrank, ihre abgelegten Handschuhe, die er im Haus zusammenstahl, Demütigung? Verdiente Valentino nicht für beides Strafe?

»Zieh die Handschuhe aus, Valentino.«

Der Mann reagierte nicht. Er stand da, locker, entspannt, in seinem Gesicht nichts anderes als die Aufmerksamkeit, mit der er auf Befehle wartete.

Vor Laura auf dem Tisch lagen die vier Jagdgewehre. Die goldenen Einlegearbeiten funkelten. Die Magazine waren gefüllt. Laura nahm eine Waffe auf. Das Berühren einer Waffe, dieser glatte kühle Leib, der schwer in ihren Händen lag, löste in ihr immer körperliches Wohlbehagen aus. Sie hob den Lauf, richtete ihn auf Valentino.

Der wartende Blick, die lockere Haltung. Valentino zog langsam die Handschuhe aus, legte sie zusammen, strich das Leder glatt.

»Zeig deine Hände. Halte sie vor dich hin.«

Valentino legte die Handschuhe auf den Tisch und streckte die Hände aus, blasse gepflegte Hände. Die langen gewölbten Nägel waren rund gefeilt und glatt wie geschliffenes Perlmutt. Die Hände trugen keine Narben. Wenn sie niemals getötet hatten? Wenn sich hinter diesem Schweigen nichts anderes verbarg als Sünden des Gehirns? Wenn die Phantasie ihr Dinge versprochen hatte, die es überhaupt nicht gab!

»Zieh die Jacke aus!«

Der Mann schien den Sinn der Worte nicht zu verstehen.

Laura entsicherte die Waffe. Diese Waffe war nicht Phantasie, sie war Wirklichkeit, schön und gehorsam. »Ich möchte nicht länger warten, Valentino.«

Der Mann knöpfte die Jacke auf. Laura sah den Händen des Mannes zu. Diese Hände, die sie enttäuschten, weil der Tod, dem sie gedient hatten, sie nicht gezeichnet hatte, diese Hände, die sie verachtete, weil der Fetisch, für den sie stahlen, Frauenhandschuhe waren.

Valentino hängte die Jacke über den Kleiderständer; er strich Schultern und Revers glatt. Unter den Gurten des Waffenhalters über der Achsel war das weiße Hemd verknittert.

»Nimm den Halfter ab«, sagte Laura.

Valentino senkte den Kopf. Lächelte er? Würde er im nächsten Augenblick seine Waffe auf sie richten?

Valentino schnallte die Riemen auf und ließ die Waffe mit dem Halfter auf das Bett fallen.

»Zieh das Hemd aus«, befahl Laura.

Valentino sah sie an. Diese dunklen Augen, deren Schönheit Laura bis zu diesem Augenblick die Intelligenz dieses Mannes hatte übersehen lassen. Wie sie diese Intelligenz haßte, wenn sie Valentino abgehalten hatte, Menschen zu töten.

Laura hatte den Finger am Abzug. Sie spürte den Widerstand.

»Warten Sie«, sagte der Mann. Er zog die Krawatte auf, legte sie um den mit schwarzen Serge bespannten Hals des Kleiderständers. Er knöpfte das Hemd auf. Vorsichtig, damit der Kragen nicht verknittert wurde, hielt er es in der Hand.

»Das Unterhemd, Valentino.«

Er streifte die Träger des weißen Netzhemds von den Schultern. Es rutschte herunter, blieb am Gürtel der dunklen Hose hängen.

»Dreh dich um.«

Endlich sah sie die Narben. Auf der linken Seite des Rükkens, von der Schulter bis zur Hüfte. Wulstig verwachsen, Flecken aufgenähter Haut.

Laura ließ das Gewehr sinken. Sie trat zu dem Mann. Sie legte die Hand auf die Narben. Die Haut war warm. Die Rippen darunter, aus Plastik, aus Silber? Etwas streifte ihren Fuß. Es war das Hemd, das Valentino aus der Hand geglitten war.

Laura zog den Fuß darunter weg, trat zurück. Sie hatte ihn strafen wollen, nicht belohnen. Aber vielleicht gab es nichts, womit eine Frau einen Mann, der sie heimlich begehrte, bestrafen konnte. Es mußte etwas geben, weil sie es wollte.

»Zahlt dich Ceno für dein Schweigen?« sagte sie.

Valentino blieb mit dem Rücken zu ihr stehen.

»Wenn ich dir mehr bieten würde als Ceno?«

Valentino wandte sich um. War er endlich aufgewacht aus der Trance seiner Treue? Begann seine narkotisierte Intelligenz zu arbeiten? Ein Aufflackern von Unsicherheit? Von Egoismus?

»Nicht, solange er lebt«, sagte Valentino.
»Wenn er nicht mehr lebte?«
»Er lebt«, sagte Valentino.

Laura drang nicht weiter in ihn. Die hartnäckige Wiederholung hatte ihr genug gesagt. Wenn sie die Hand noch einmal auf seinen Körper legte, würde er ihr dann sofort gehorchen? Würde er Ceno sofort verraten? Es war besser, damit zu warten.

Laura legte die Waffe in die Hand des Mannes. Die flache Uhr an seinem Handgelenk zeigte zwei Uhr. Eine ganze Stunde ohne Langeweile.

»Wir fahren in einer halben Stunde«, sagte Laura.

6

Jede Frau, die auf sich hält, nährt in sich die stille, aber unerschütterliche Überzeugung, daß die Ehe ein Handel ist, bei dem der Mann sie übervorteilt hat. Sein Konto zeigt immer Plus. Ihr Konto zeigt immer Minus. Da ihrem ausgeprägten Gefühl für Gerechtigkeit ein solches Mißverhältnis zuwiderläuft, sinnt sie auf Abhilfe. Der Mann ist ihr Schuldner. Alle Männer sind ihre Schuldner. Alle haben an ihr etwas gutzumachen.

Was die Form der Wiedergutmachung betrifft, zeigt die Frau sich nicht kleinlich. Sie erkennt nicht nur Sachwerte an, sondern auch alle anderen Arten von Leistung, die ein Mann für sie vollbringt.

Die Mittel, deren die Frau sich bedient, um ihre Forderungen einzutreiben, sind vielfältig.

Die Tückische schmeichelt. Die Unerfahrene bittet. Die Zynische macht einen Verrechnungshandel via Bett daraus. Die Stolze fordert. Die Kanaille droht, und das vor Zeugen. Die Zartfühlende – sie tut, als könne sie keinen Kontoauszug lesen – verschwendet ihren ganzen Empfindungsreichtum darauf, diesem peinlichen Geschäft das romantische Flair von Ritterlichkeit und Minnedienst zu verleihen.

Lauter Halbheiten, wenn man Lauras Verhalten Valentino gegenüber betrachtet. Wozu bitten, wozu schmeicheln, wenn es ein unfehlbares Mittel gab, um aus diesem Mann ein willfähriges Werkzeug zu machen: die Demütigung.

In dem Cadillac herrschte bläuliches Dämmerlicht. Die Klimaanlage summte, künstliche Kühle, chemischer Pinienduft.

Die vier Jagdflinten in ihren dunkelgrünen Hüllen ragten über den leeren Vordersitz, an dem sie lehnten.

Valentino chauffierte.

Laura saß im Fond. Neben ihr lag die Jacke des Chanelkostüms, eine Tasche aus Lackleder und weiße Glacéhandschuhe. Sie trug keine Strümpfe und keinen Büstenhalter.

Der Slip war ihr lästig genug, obwohl sie ihn kaum spürte. Es gab keinen Stoff, der ihr ein ähnliches Wohlgefühl vermittelte wie die eigene Haut, ihre Farbe, ihre Weichheit, ihr Schimmer, ihre Kühle.

Seit zehn Minuten waren sie keinem Wagen mehr begegnet. Alte Maulbeerbäume säumten die Straße. An den Rändern der Obstfelder standen große Plakattafeln. Motta. Stock. Fiat.

Laura schaltete die Stereoanlage ein. Sie sah die Tonbandkassetten durch. Beatles, Mozart, Frank Sinatra, Locatelli. Sie wählte den alten Venezianer. Sie mochte seine kühle, vage Musik, die wie Wasser war, das sich am Hals einer Gondel teilt.

Sie streckte die Beine aus. Eine der Sandaletten fiel herunter. Aus dem Rückspiegel fixierten sie Valentinos Augen. Seine rechte Hand ruhte auf dem Steuer. Er trug weiße Handschuhe.

Wie oft war sie schon so mit ihm gefahren? Ohne jemals daran zu denken, daß es ein Mann war, der dort saß. Seit heute kannte sie seine Hände, die Narben auf seinem Rücken. Es gab die Handschuhe in dem Panzerschrank, Dutzende von Paaren. Sie versuchte sich vorzustellen, was diese Handschuhe für ihn waren, ein Traum, den er sich zusammenstahl und einsperrte, eine Leidenschaft, griffbereit wie eine Waffe.

Alle hatten sie etwas. Ivanka, Valentino und Ceno; eine Leidenschaft, eine Wunde, ungetilgte Schuld. Etwas, das sie ununterbrochen daran erinnerte, daß sie lebten.

Was hatte sie, Laura? Alles, was sie berührte, verflüchtigte sich. Sie selbst verflüchtigte sich, einer Sonne ausgeliefert, die sie austrocknete, sie gnadenlos aufsog.

Wieder traf sie der Blick des Mannes aus dem Spiegel.

Draußen auf der Straße stand ein Bretterkiosk. Eine gelbe geflickte Markise über der Tür. Eine Traube Rotweinflaschen am Türpfosten. Auf dem Fensterbrett Plastikrosen.

In der Ferne tauchte der Saum des Laubwaldes auf. Laura lehnte sich zurück. Der Waldrand kam näher. Die beiden mannshohen Steinpfosten mit dem eingemeißelten Wappen der Frevelli glitten vorbei. Über die Sockel aus rohbehauenem Granit zog sich ein graugrünes Geflecht aus Moos. Die Bäume schlossen sich über ihnen zusammen. Im Wagen wurde es fast dunkel.

»Valentino, die Scheiben.«

Er drückte auf die automatische Schaltung an der Seite. Die blauen Sonnenschutzscheiben verschwanden lautlos im Futter der Wagentüren. Aus den Farben im Innern des Wagens wich das Blau. Braun war wieder Braun. Valentinos Augen kamen nicht mehr aus Wasser, sondern aus einem Spiegel.

Ein Kreisel aus Sonnenlicht auf der Kühlerhaube. Ein alter Wegstein am Rand der Straße. Ein Seitenweg.

»Halt an!« sagte Laura.

Valentino sah im Spiegel zu ihr zurück.

»Anhalten!« sagte Laura ungeduldig. »Fahr zur Seite.«

Das Auto kam zum Stehen. Valentino blieb am Steuer sitzen. Er wandte sich nicht um. Er fragte nicht. Er nahm die Hände vom Steuer und streifte die Handschuhe ab. Er legte sie neben sich zu den Gewehren.

Laura sah es und war zufrieden. Sie hatte die ganze Zeit darauf gewartet. Es war die Übergabe, wenn sie wollte.

Sie lehnte sich vor. Sie ließ sich Zeit. Noch war er zu überrumpelt. Das Begehren mußte sich erst aus dem Erschrecken kristallisieren. Sie nahm die weißen Handschuhe, die neben ihrer Handtasche lagen. Sie streifte seine Wange damit, achtlos. Die andere Hand berührte seine Schulter.

Valentino konnte nicht mehr. Er fuhr herum. Er starrte ihr ins Gesicht.

So hatte sie ihn gewollt. Dahin hatte sie ihn bringen wollen. Lächerlich, wie leicht es war. Was war eigentlich der Unterschied zwischen einem Automaten und einem Mann, der begehrte?

Laura ließ ihre Handschuhe fallen. Dorthin, wo die Valentinos lagen. Neben den Gewehren.

Sie sah Valentino an. Noch diese Sekunde, bis er die Arme

heben würde, um nach ihr zu greifen, bis der ungeformte Laut des Besiegtseins über seine Lippen kam.

»Fahr voraus!« sagte Laura mit ihrer sanften Stimme. »Ich werde zu Fuß gehen.« Gift. Sie sah, wie er es schluckte. Sie konnte vorausberechnen, wie es wirken würde.

Laura nahm Jacke und Tasche und stieg schnell aus.

Staub tanzte unter den Rädern des davonfahrenden Wagens, verfing sich im Gras der Wegränder. Die Kupplung schleifte durch. Die Antenne wuchs in die Höhe.

Wie sie Valentino beneidete: etwas, das man begehrte, nicht zu bekommen! Wußte er, was für ein Glück das war, zu leiden? Wußte er, daß er ihr Dank schuldete für dieses Gift, das jetzt in seinen Adern kreiste?

Ceno hatte seine Vergangenheit, Ivanka ihre unerwiderte Leidenschaft. Alle hatten etwas, das ihr Leben würzte, ihm seinen faden Geschmack nahm. Sie hatten die Droge, die sie von der Langeweile befreite.

Der Cadillac war verschwunden. Ohne Krümmung durchschnitt die Privatstraße den Wald, auf die ferne Helligkeit zueilend.

Laura verließ die Straße, als sie das Motorengeräusch hörte. Sie teilte mit den Händen das staubige Gesträuch und trat in den Schatten der Bäume.

Es waren zwei Wagen. Ein dunkelgrauer Bentley mit Rechtssteuerung, dahinter ein weißer Mercedes. Die Standarte trug das rotweiße Wappen. Lord Angus und der österreichische Herzog. Es gab keine prominente Jagd, auf der die beiden fehlten.

Staub, Benzinduft, der durch die Äste und Blätter bis zu ihr drang. Der Motorenlärm, der langsam verebbte. Laura ging nicht auf die Straße zurück. Ziellos begann sie in den Wald vorzudringen.

Immer war es Herbst, wenn sie nach Vernier kam. Bäume, Sträucher und Himmel auf erdfarbenen Rupfen gestickt. Hie und da ein oxydierter Goldfaden.

Ihr Fuß versank in Laub. Raschelnder Taft um ihre nackten Knöchel, nur härter. Die dürren Blätter ritzten ihre Haut, stachen zu.

Am Rand des Waldes blieb sie stehen. Sie hatte die Stimmen schon im Wald gehört. Es waren zwei Wildhüter, die mit den jungen Fasanen das Fliegen trainierten. Bis zu den Schultern im Buschwerk, einen Stock vor sich hin und her schwingend, trieb der eine Fasanen vor sich her. Der andere, in der Mitte des Feldes, beobachtete ihren Flug. Er markierte eine Stelle im freien Feld mit einem roten Stock. Er klatschte in die Hände. Das Gebüsch rauschte unter den neuen Schlägen auf. Die Fasanen strichen über das Feld, baumten auf.

Laura wandte sich nach links. Aus dem Gras leuchtete das goldbraune Gefieder eines Fasanenhahns. Die Schwanzfedern funkelten rostrot. Die Szenerie, die für ein paar Augenblicke Leben gewonnen hatte, wurde wieder zu einem gestickten Bild.

Das Jagdhaus lag etwa in der Mitte des Schußgebietes. Ein eingeschossiges, langgestrecktes Gebäude, von hohen Kastanien umstanden.

Im Hof war ein Jagdjeep. Der Motor lief. An der Schmalseite des Hauses standen Fenster offen. Die bordeauxroten Leinenvorhänge bewegten sich im Luftzug. In der Tiefe des Raums zwei Schatten. Ein Mann und eine Frau?

Laura trat in die Nische, die der Kamin mit der Hausmauer bildete. Sie konnte den ganzen Raum übersehen.

Das Mädchen trug ein weißes Kleid, eine weiße Schleife im dunklen Haar. Der Junge war blond. Sie küßten sich. Der Kopf des Mädchens neigte sich zurück. Die weiße Schleife hing schlaff herab. Eine Bewegung. Ein Laut. Die weiße Schleife zitterte.

Die beiden Köpfe. Schwarz und blond. Die Bewegungen der beiden Körper. Traumwandler. Immer mehr verschwanden sie in der dämmrigen Tiefe des Raumes. Standen sie noch? Dort die Nische, die Bank mit den Polstern.

Ein Stuhl stürzte zu Boden. Das weiße Kleid des Mädchens tauchte aus dem Halbdunkel, ihre hellen nackten Arme. Sie zog ihr Kleid über der Brust zusammen. Den Kopf gesenkt, rannte sie hinaus.

Es dauerte lange, bis sie aus dem Haus trat. Am Spalier lehnte ein Fahrrad. Sie nahm den Lenker, blickte zur Tür, wartete.

Laura beneidete sie um ihre Verwirrung. Um das Herzklopfen, um die Scham, um die Schwäche in den Knien.

Das Mädchen schwang sich auf das Fahrrad. Immer noch bereit, sich einholen zu lassen, radelte es davon. Die Bänder der weißen Schleife flatterten.

Laura stand in ihrem Versteck. Um sie herum, im hellen Sand, lagen aufgesprungene Kastanien. Ihre Füße hatten die stacheligen Schalen zertreten, ohne Schmerz zu empfinden. Blut rann aus der Wunde an der Kuppe der großen Zehe.

Der Junge kam langsam durch den Raum. Unschlüssig blieb er vor dem hellgescheuerten Holztisch stehen, auf dem die Flinten nebeneinander lagen. Jetzt erst erkannte Laura ihn. Oskar, der Sohn des österreichischen Dienerehepaars. Mit zwölf Jahren hatte er zum erstenmal die weiße Pelerine der Treiber anziehen dürfen. Laura rechnete; siebzehn, höchstens achtzehn.

Das Haar fiel ihm in die Stirn, in den Nacken, verdeckte die Ohren. Mit hängenden Armen stand er da, unruhig. Er lauschte. Er machte eine Wendung mit dem Körper. Es war die Bewegung eines Tieres, das den Jäger spürt.

Laura wußte, was in ihm vorging. Er dachte nicht an das Mädchen. Das war es nicht. Er war betäubt von sich selber. Er sah das Gewehr, das er jetzt berührte, nicht. Er wußte nicht, wo er war. Er wußte nicht, wie es ihm gelingen sollte, jemals diesen Raum zu verlassen.

Er zog die Jacke aus, warf sie auf die Eckbank. Er trug ein Hemd aus ungebleichtem Leinen. Die Ärmel waren tief eingesetzt. Er war schmal in den Schultern und noch schmaler in den Hüften.

Abwesend starrte er vor sich hin. Die Zeit hatte noch kein Gewicht für ihn. Sie hatte ihm noch nichts weggenommen; sie war nichts weiter als ein vages Versprechen. Sie lag lose auf seinen Schultern, wie die weiße Treiberpelerine, die er morgen tragen würde.

Das Leben war für ihn eine ungeschmeckte Frucht. Er kannte es so wenig, wie er sich selber kannte. Er besaß noch all das, was Laura verloren hatte. Alle Wünsche, die ihr in Erfüllung gegangen waren, hatte er ihr voraus. Der Gedanke war ihr unerträglich.

Laura ging um das Haus. Der Jeep stand in der prallen Sonne. Der Zündschlüssel steckte. Ein Madonnenmedaillon baumelte daran. Der Motor starb, als sie den Schlüssel abzog. Sie steckte ihn in die Handtasche.

Laura öffnete die Haustür. Sie ging über die grünen Fliesen. Ihr Schritt klang durch das Haus. Sie trat in die große Stube.

Draußen war Laura nicht sicher gewesen, jetzt war sie es. Sie roch es, sie atmete es, ihre Poren sogen es ein. Vielleicht war das die Droge, die sie suchte.

Sie ging auf ihn zu. Ihre Hände berührten das rauhe, ungebleichte Leinen seines Hemds. Sie sah in seine Augen. Sie fand ihr eigenes Bild darin. Es sollte darin bleiben, nicht nur in den Augen – sie wollte ihn auf immer zeichnen.

7

Es gibt keine Frau, die nicht Grund hätte, die Ehe zu brechen; keine Frau braucht einen Grund, um die Ehe zu brechen.

Es ist kein Grund für die Frau, die Ehe zu brechen, weil der Mann, den sie liebt, gerade nicht zur Stelle ist. Weil ein Fremder sie ansieht, wie ihr Mann sie seit Jahren nicht mehr angesehen hat. Weil ein Fremder ihr Dinge sagt, die ihr Mann ihr seit Jahren nicht mehr sagte.

Nein. Dafür waren die Frauen nicht jahrhundertelang das Risiko eingegangen, im Moor versenkt, enthauptet oder verbrannt zu werden.

Warum dieses Rasen des Mannes gegen den Ehebruch der Frau? Warum dieses Martyrium der Frau Jahrhunderte hindurch?

Vielleicht wüßten wir ohne dieses Wüten der Geschlechter gegeneinander nicht, was Ehebruch ist. Vielleicht wären wir um eine Sünde ärmer, um die kunstvollste und sinnloseste, die von der weiblichen Phantasie jemals ersonnen wurde.

Die perfekte Ausführung gelingt nur einer glücklichen, geliebten Frau, die nicht den geringsten Grund dazu hat. Sie denkt nicht daran, sich neu zu verlieben. Sie könnte es gar nicht. Ihr gesamtes Kontingent an Liebe hat sie an ihren Ehemann verschwendet. Was sie braucht, ist Erholung von dieser Strapaze.

Der Ehebruch als pikante Drohung ist ein weiblicher Urwunsch. Seine Seltenheit ist nur damit zu erklären, daß es für die Frau fast aussichtslos ist, den richtigen Partner dafür zu finden; einen Mann, der Kunstverstand genug besitzt, um dem klassischen Arrangement, bei dem der Ehemann Zuschauer ist, zuzustimmen.

Lust am Verführen? Wenn sie nur nicht wüßte, wie ernst ein Mann so etwas nehmen kann! Nicht einmal Neugier ist es. Was ein Mann ist, weiß sie zur Genüge. Die Jungfernschaft eines Jünglings ist nicht Reiz genug; sie hat nicht vergessen, wie lästig ihr die eigene war. Sie sucht niemanden, bei dem sie über ihr Leben jammern kann, denn es gibt nichts zu jammern. Sie jagt nicht einmal der Sünde nach, denn sie hat nicht den Ehrgeiz, eine Heilige zu werden.

Sie hat keinen Grund – das ist Grund genug.

Der Gerechtigkeit halber muß gesagt werden, daß der Ehebruch in dieser Vollkommenheit selten ist. Es bedarf dazu einer vollkommenen Frau. Ohne voreingenommen zu sein, muß man Laura diese Vollkommenheit zugestehen.

Als sie aus dem Jagdhaus trat, war die Sonne hinter den Kronen der Kastanien verschwunden. Der Sand, der in ihre Sandalen rieselte, war heiß. Die Kunstledersitze des Jeeps kochten. Der Rücken eines glühenden Tieres. Der dünne Wollstoff des Rocks bot keinen Schutz.

Laura mochte es. Das Feuer und das Frösteln. Nicht nur auf der Haut, im Rücken, zwischen den Schenkeln, sondern auch in ihr, im Mund, im Hals, in den Eingeweiden.

Sie legte die Hände auf das glühende Steuerrad. Züngelnde Flammen, die in sie drangen, die ihr den Atem nahmen.

Sie wendete den Wagen und lenkte ihn auf den schmalen Feldweg, der nach einigen Kilometern in eine Pappelallee mündete, die bis zum Schloß führte.

Ihr Haar flatterte im Fahrtwind. Irgendwann hatte es sich gelöst. Wahrscheinlich suchte Oskar jetzt die Nadeln und Kämme am Boden zusammen. Haare von ihr, die er ins Portemonnaie steckte.

Eine Biene ließ sich auf der Lacktasche nieder, die auf dem Nebensitz lag. Das dichte Pelzkleid des Insekts, goldbraun. Dieselbe Farbe, die sie an Oskar entdeckt hatte. Seidiger Flaum, vom Nabel abwärts.

Ohne das wäre es vielleicht schon das erstemal nicht geschehen. Das zweitemal wollte Laura nicht mehr; eine Wiederholung machte etwas Langweiliges nicht spannender. Aber Oskar erwachte plötzlich aus seiner Betäubung, fiel über sie her. Der Slip, den sie schon wieder anhatte, zerriß unter seinen Händen. Jetzt steckte er zusammengeknüllt in der Handtasche. Sie hatte ihn nicht mehr anziehen können.

Auch ein Siebzehnjähriger war eben nichts anderes als ein Mann. Es mußten die Männer gewesen sein, die die Ehe erfunden hatten. Wenn schon dieses Kind verlangte, daß sie sich die Haare unter den Achseln wachsen lassen sollte. Für ihn. Als gehörte sie jetzt ihm. Als würde sich das, was geschehen war, wiederholen!

Nicht einmal für Ceno hatte sie damit aufgehört, sich epilieren zu lassen. Obwohl er sie immer wieder darum gebeten hatte. Vielleicht war es das, was Ceno an Ivanka gefiel, das Vlies unter den Armen.

Etwas wie ein Lächeln lag auf Lauras Gesicht, ein Ausdruck von Erwartung.

Die Allee endete an dem weißen gemauerten Tor, das in die Wirtschaftshöfe führte. Laura schaltete den Jeep herunter.

Die hohen Kamine mit den Rundhauben warfen bizarre Schatten über den Hof.

Vor den Garagen standen die Wagen der Gäste. Der Cadillac, daneben der Bentley von Ceno, der einzige Wagen, der noch staubig war. Die anderen glänzten vor Nässe. In den Rinnen zwischen den grauschwarzen Pflastersteinen stand das Wasser. Zwei Männer in Gummistiefeln lederten die Wagen trocken.

Die funkelnden Autos, die Garderobe, die aufgebügelt in den Schränken hing, die Schalen mit Obst und Konfekt, die Lektüre auf dem Nachttisch, die Kopfwehtabletten, die Bettbezüge mit den eingestickten Initialen des Gastes – alles das hatte erst Ivanka eingeführt. Eine Polin hatte kommen müssen, um Giulio Frevelli zu den fürstlichen Allüren seiner Vorfahren zu bekehren.

Laura parkte den Jeep vor der offenen Remise, neben den anderen Jagdjeeps. Sie stieg aus, raffte Jacke und Tasche zusammen.

Als sie sich umdrehte, stand Valentino vor ihr. Neben sich hatte er einen der silbergrauen Weimaraner, von denen es in Vernier ein Dutzend gab. Der Hund kam wedelnd auf Laura zu, drängte sich an sie, stieß die Schnauze in das Dreieck des Schoßes. Laura ließ ihn gewähren.

»Signor Lumati ist vor einer halben Stunde gekommen«, sagte Valentino. »Er hat nach Ihnen gefragt.«

Laura sah ihn an. Hatte er dieselbe Witterung wie der Hund? Oder war es etwas anderes? Wartete er auf einen Befehl, immer noch unsicher in seiner Wahl zwischen Ceno und ihr? Brauchte er ein neues Versprechen und eine neue Demütigung? Hatte sie heute noch nicht genug getan für ihn? War das aufgelöste Haar nicht deutlich genug? Mußte sie die Handtasche öffnen, gerade lange genug, daß er den zerfetzten Slip sah? Nein. Ungewißheit war ein wirksameres Gift. Wenn er Augen im Kopf hatte, konnte es ihm nicht entgehen. Ihr Rock war eng. Beim Ausschreiten würde er sehen, daß sie nichts darunter trug, nicht einmal mehr den Slip von heute nachmittag.

»Ich habe den Wagen gesehen«, sagte Laura. Sie ließ Valentino stehen. Der Hund lief ihr nach. Valentino pfiff das Tier zurück. Laura wandte sich um. Sie sah, wie Valentino das Tier an die Leine nahm. Zitterten seine Hände? Eifersüchtig auf das Tier. Begierig, es zu züchtigen oder zu liebkosen? Er bemerkte Lauras Blick. Er packte den Hund bei der Schnauze.

Laura wandte sich ab. Gleichgültigkeit. Es gab kein besseres Mittel.

Sie wählte den Seiteneingang, um schneller bei Ceno zu sein. Sie eilte die Treppen hinauf. Überall standen hohe Vasen, auf Säulen, in Nischen, auf Treppenpfosten, starrende Herbststräuße, braun, gold, rot.

Aus den verschalten Heizungsschächten strömte Wärme. Auf einem Tischchen ein Arztkoffer, ein Tablett mit Medikamenten. Das Geräusch des Speisenaufzugs. Niemand begegnete ihr. Die letzte Tür des Ganges; die Turmsuite, die immer für Ceno und sie bereitstand.

Sie war hier zu Hause, und sie trat ein, wie man zu Hause in ein Zimmer tritt. Sie blieb an der offenen Tür stehen. Das Zimmer lag im Dunkeln. Die Läden waren vorgelegt, die Möbel in der Mitte des Raumes zusammengerückt, mit Tüchern verhangen.

Lauras Augen gewöhnten sich schnell an die Dunkelheit. Durch die Ritzen der Läden sickerte Licht. Die Seidentapete an den Wänden schimmerte metallisch.

Jemand kam den Gang entlang. Ilario, der alte Butler des Fürsten. Er verbeugte sich. »Verzeihen Sie, Signora. Wir mußten Ihnen andere Zimmer geben. Diese Suite wird auf Anordnung der Fürstin renoviert. Am Montag kommen die Handwerker.« Er schloß die Tür. »Wenn Sie mir bitte folgen.«

Den Gang zurück, eine schmale geschwungene Treppe. Rechts der Spiegelsaal, links die Galerie, die zum Haupttrakt hinüberführte.

Silbergraue Taftschals an den Fenstern. Dahinter die Gärten und Innenhöfe, die sich in den Fresken der Wände spiegelgleich wiederholten, verschattet von gemalten Taftschals, aufgeteilt durch gemalte Fenster.

Die Natur hatte den Venezianern nie genügt. Sie war für sie immer nur Anlaß gewesen, sie vergessen zu machen. Sie hatten das Wasser gelehrt, fester Boden zu sein, ihre Paläste, zu schweben. Sie hatten immer dem Unwirklichen den Vorzug gegeben. Das Echo hatte sie mehr entzückt als die Stimme, die Lüge mehr als die Wahrheit. Laura war Venezianerin.

Ilario öffnete eine Tür. Schweigend ging er voran, blieb einen Augenblick abwartend stehen, öffnete die Tür zum Bad, das Lauras Zimmer mit dem Cenos verband.

»Die Zimmer schließen an die Gemächer der Fürstin an«, sagte der Mann. »Es sind die schönsten.«

Laura nickte. Sie hatte Lust, herauszulachen über Ivankas

Mut, über ihre Lüge. Wo war die Tapetentür, die hinüber in Ivankas Zimmer führte? Der vergoldete Riegel an der Badetür, auch daran hatte Ivanka gedacht.

Laura öffnete ihre Handtasche. Sie wollte das Päckchen Tausend-Lire-Scheine herausnehmen, das sie in Luisas Zimmer zu sich gesteckt hatte. Sie tat es nicht. Vielleicht gab es für das Geld eine bessere Verwendung.

»Vielen Dank, Ilario«, sagte Laura. Er verbeugte sich und ging.

Laura warf Jacke und Tasche auf einen Stuhl und trat an den Spiegel über dem Kamin. Er hing nach vorne geneigt. Sie sah das breite Bett darin. Der Spiegel schien nur für dieses Bett dazusein. Sie zog an der silbernen Kordel, die neben dem Spiegel hing.

Der Lüster erlosch. Zwei kleine Lampen brannten noch, venezianische Masken unter violetten Seidenschirmen vor dem stumpfen Sandton der Wandvertäfelung.

Das alte Glas der Fenster mit seinen Unebenheiten, seinen Blasen. Der Fußboden, der zur Tür hin unmerklich abfiel. Es war wie in dem Palazzo, in dem sie geboren und aufgewachsen war. Es waren nicht einfach Böden, Wände, Türen, Fenster. Menschen hatten sich darin bewegt, seit Jahrhunderten, Glückliche, Unglückliche. Stimmen hatten die Räume erfüllt, das Geschrei von Kindern, das Flüstern von Dienern, das Schweigen des Todes.

Als Kind, vor den Bildern der Vorfahren, hatte Laura immer nur eines wissen wollen: wie waren sie gestorben, in welchem Raum, zu welcher Tageszeit? Sie hatte an den Holzrahmen alter Möbel gekratzt, auf der Suche nach dem schwarzen Lack, mit dem in den Trauerjahren die Räume der Verstorbenen übermalt worden waren.

Nächtelang hatte sie dem Tod aufgelauert, in den Zimmern von Sterbenden, hinter Türen versteckt, hinter Vorhängen. Manchmal hatte das Licht geflackert, manchmal hatte der Sterbende etwas gemurmelt. Es war keine Antwort gekommen, und doch wußte sie, daß der Tod da war. Sie sah ihn nicht, sie hörte ihn nicht. Aber in der Luft, die sie einatmete, war etwas von ihm, etwas, das sie berauschte. Der Tod war ihre erste Liebe gewesen.

Durch die offene Badetür glaubte sie ein Geräusch aus Cenos Zimmer zu hören. Sie lief hinüber. Eine Zeitung war vom Sessel auf den Boden geglitten.

Über den ganzen Raum verstreut lagen Cenos Sachen, Strümpfe, Schuhe, ein Hemd, ein Feuerzeug, Zigarettenschachteln. Ceno brauchte keine Minute, um ein Zimmer in ein Schlachtfeld zu verwandeln.

Cenos Spuren auch im Bad mit seinen grüngeäderten Marmorwänden. Zigarettenrauch, das halbgeleerte Glas Martini mit dem Olivenkern am Boden, das amerikanische Magazin mit angeweichten Ecken auf dem Rand der Wanne.

Laura holte ihre Handtasche. Sie nahm den zerrissenen Slip heraus, warf ihn in die Toilette, spülte ihn hinunter.

Sie zog den Rock aus, die Bluse. Ein Blick in die Spiegelwand gegenüber der Wanne. Dieser schöne Körper, der nur ihr gehörte, niemandem sonst, den sie nicht einmal mit einem Kind teilen wollte. Ceno liebte diesen Körper.

Nebenan schlug eine Uhr zweimal, halb sieben. Um sieben Uhr wurde gegessen.

Laura band ein Frottiertuch um das Haar und duschte sich. Sie wusch Körper und Gesicht mit der grünen, durchsichtigen Seife. Noch feucht, rieb sie die Körpermilch in die Haut, sprühte die Schaummaske ins Gesicht.

Nackt, nur den Turban auf dem Kopf, ging sie in ihr Zimmer zurück. Sie öffnete den Schrank. Das See-Through. Schwarzer Chiffon, ohne Naht im Oberteil, weite Ärmel, filigranfeine Silberschnüre, die den Stoff zusammenhielten. Die Passe unter der Brust mit Silberfaden abgesteppt. Das Sonnenplissee des Rocks, das sich um die Füße kräuselte.

Kein Schmuck. Nur den schmalen brillantbesetzten Ehering. Sie stellte die Pumps heraus. Schwarzes Chevreau, Silbernähte.

Die Maske auf ihrem Gesicht war trocken. Laura liebte es,

sie hart werden zu lassen, spröde, bis die Schicht riß wie die Farbe auf alter Leinwand.

Sie trat ans Fenster. Unten im Kolonnadenhof brannten die Laternen.

Wie still das Haus war. Nirgends ein Laut. Außer ihr schien kein lebendes Wesen in diesem Haus zu sein.

Leer der große Speisesaal mit der gedeckten Tafel und den brennenden Kerzen. Leer die Bibliothek, das Rauchzimmer, der Musiksalon. Leer die Küche.

Laura hob den Hörer des Telefons ab. Sie wünschte, daß niemand antworten möge. Noch bevor sie den Hörer am Ohr hatte, meldete sich die Hausdame. Sie saß unten in dem kleinen Büro und hatte nur auf diesen Summton gewartet. Die Diener standen bereit, warteten auf das Anschlagen der Klingel, auf das Aufleuchten einer Zimmernummer in dem großen Kasten im Bedienstetenraum.

Laura legte den Hörer auf die Gabel, ohne etwas zu sagen.

Alles war wie sonst.

Die Herren saßen unten im Rauchsalon. Der Herzog und Lord Angus setzten die Partie Schach fort, die sie das letztemal begonnen hatten. Der Hausherr spielte Chopin, die Ränder neben den Noten vollgekritzelt mit Börsenkursen. Ivanka kontrollierte die Tafel.

Es würde ein Abend werden wie Hunderte davor und Hunderte danach, das kleine Diner am Vorabend der Jagd mit leichten Speisen und leichten Weinen; man trennte sich bald, ging zu Bett. Nicht alle waren wie Ceno und sie daran gewöhnt, um sechs Uhr geweckt zu werden.

Es war lächerlich zu hoffen, daß dieser Ablauf gestört werden könnte, daß die Waagschalen der Langeweile aus dem Gleichgewicht geraten könnten.

Die Erde war nun einmal kein Ort, der zur Unterhaltung der Menschen geschaffen war. Die Dinge, die man begehrte, nicht zu bekommen, war auf die Dauer ebenso langweilig, wie sie zu bekommen. Es gab zu viele Menschen für den kleinen Vorrat an Schicksal.

Ceno hatte sich nicht abschrecken lassen. Er hatte seinen Teil erbeutet.

Ceno. Wer war dieser Mann eigentlich, mit dem sie seit sieben Jahren lebte? Sie wußte es nicht, wußte es nicht mehr. Vor sieben Jahren, als sie ihn heiratete, hatte sie es gewußt. Sie hatte ihn gekannt. Sie hätte ihn aufzeichnen können wie ein EKG-Apparat. Es hatte keine weißen Stellen gegeben. Es war ein ununterbrochener, unaufhaltsamer Rhythmus gewesen, ohne Pause, ohne Nachlassen der Spannung, nicht einmal im Schlaf.

Wann war die erste Pause gewesen, wann war es schwächer geworden?

Sie wußte noch, daß sie ihn liebte. Oder war es nur noch Erinnerung an etwas, das ihr Stück für Stück abhanden gekommen war, weggetragen vom Vergessen?

Sie wollte dieses Schicksal nicht, das keines war. Sie wollte ein Schicksal, das sichtbar war, laut.

Was mußte sie tun, um es zu bekommen? Valentino, Oskar, Ivanka – keiner half ihr. Alle liebten sie nur.

Sie stand angezogen vor dem Spiegel. Sie hatte sich geschminkt und frisiert, ohne sich dessen bewußt zu sein. Sie steckte die Bluse noch etwas straffer in die Rockpasse. Die Brüste zeichneten sich deutlich ab.

Es war kurz nach sieben. Man wartete auf sie. Und doch hielt sie etwas. Warum ging dort die Tür nicht auf, warum kam Valentino nicht herein und legte ihr den Leichnam Cenos vor die Füße?

Warum trat Ceno nicht dort aus dem Bad, die Waffe in der Hand, mit der er sie töten würde, für das, was sie getan hatte?

ZWEITER TEIL

Wovon sollt ich satt sein?
Ich sprang nur über Gräbelein
Und fand kein einzig Blättelein:
meh! meh!

Jacob und Wilhelm Grimm

8

Das Leben wäre einfacher, wenn die Menschen weniger Gefühle und dafür mehr Lebensart besäßen. Nicht zu lieben, nicht zu hassen, nicht die Wahrheit zu sagen – die höfischen Epochen waren Meister in diesen Künsten.

Die Anmut der Lüge, die Galanterie der Gleichgültigkeit – diese liebenswürdigen Beschützer jeder Tafelrunde, wo findet man sie noch?

Ohne die Last der Liebe, ohne den Stachel der Feindschaft, ohne die beleidigende Prostitution von Wahrheiten – zu essen, zu plaudern. Wie erholsam! Welch seltenes Vergnügen!

Den Gästen, die sich an diesem Wochenende zur Fasanenjagd in Vernier eingefunden hatten, wurde es zuteil.

Man kannte sich so lange, daß man sich wie in einer Familie beim Vornamen nannte. Aber man hegte keineswegs familiäre Gefühle füreinander, nicht einmal freundschaftliche. Man erlag nicht diesem sentimentalen Mißbrauch der menschlichen Natur, man schreckte auch den einzigen Neuling, einen amerikanischen Schriftsteller, nicht damit ab. Man nannte ihn bei seinem Vornamen Terence und setzte stillschweigend voraus, daß er dieselben Probleme hatte wie man selber, nämlich keine zu haben.

Eine durchaus angemessene Umgebung für Laura Lumati, sollte man meinen.

Sie präsidierte am einen Ende der Tafel, gegenüber Ivanka, zur Linken den Fürsten, zur Rechten Lord Angus.

Während der Vorspeisen war Lauras See-Through das Gesprächsthema. Mit der Fertigkeit von Menschen, die wissen, wie rasch sich auch das vielversprechendste Thema erschöpft, wenn man es leichtsinnig vergeudet, ging man die Sache von der historischen Seite an. Man suchte nach den Gründen, warum die weibliche Brust seit dem griechischen Altertum zurückgedrängt worden sei. Man kam auf die Reizpsychologie der Hetären. Man verfolgte die verschlungenen Pfade, auf denen die Sünde sich in das Bewußtsein der Menschen eingeschlichen hatte. Man nahm die medizinischen und die ästhetischen Gesichtspunkte durch. Man bemühte sich, die zivilisatorischen Strömungen aufzuspüren, die dieser verstoßenen Mode eine Renaissance beschert hatten.

Man war brillant, extrem, gewagt, und man wußte, daß keiner das sagte, was er wirklich meinte.

»Degeneration, die einzig mögliche Erklärung, der Riesenbusen der Degeneration, aggressiv, unästhetisch, so was muß man ja verhüllen, einzwängen, wegpacken.«

»Die klassische Brust war klein.«

»Tempi passati.«

»Tempi futuri. Es kommt wieder.«

»Hoffentlich.«

»Mit dem Mann ist es dasselbe.«

»Eine Renaissance für den männlichen Körper?«

»Kniekurze Tunika?«

»Nicht genug, das Seidenwams, viel Bein, viel Schenkel.«

»Mit diesen Legionärslatschen. Tragen Flamenco-Tänzer flache Schuhe?«

»Knappe Trikots. Hauteng.«

»Das wäre Sache der Frauen.«

»Wenig Hoffnung.«

»Frauen sind im Grunde immer nur in sich selbst verliebt.«

»Frauen sind eben schöner.«

Hatte sie es selbst gesagt oder Ivanka? Laura wußte es nicht. Sie blickte hinüber zu Ivanka. Es war eine andere Ivanka als sonst. Das dramatisch frisierte Haar, Helm und Mähne zugleich. Das heftige Gelb der Abendbluse, das Gehänge der roten Ketten, das Schönheitspflaster im Mundwinkel. Ein Zug um die Lippen, den Laura nicht kannte. Wie langsam sie trank, als sei es nicht Wein, sondern etwas, das nicht flüssig war. Die Lippen blutrot. Keine Nonne mehr. Keine Neurotikerin.

»Ich weiche morgen keinen Schritt von Ivanka.« Die näselnde Stimme des österreichischen Herzogs. »Ich möchte endlich lernen, wie sie das macht, daß alle ihre Fasanen himmeln.«

»Mitziehen, einfach mitziehen.«

»Ich habe es lieber, wenn sie paddeln. Ich versuche die Flügel anzureißen. Sie müssen kippen. Ein Salto, ein zweiter.«

»Ivanka schießt in den Kopf, etwas anderes gibt es bei ihr nicht.«

»Ich begreife das nicht. Ich kann meine Fasanen nicht dazu bringen zu fliegen.«

»Eine Riesenjagd und lauter Infanteristen.«

»Training, meine liebe Pauline, jeden Tag zwei Stunden. Einer buschiert, einer beobachtet. An den richtigen Stellen Bäume einsetzen. Man muß den Tieren helfen.«

»Sie helfen doch nicht den Tieren, sondern sich.« Der Amerikaner. Schade. Bis jetzt war er nicht aufgefallen. Und nun das!

»Dem Tier gegenüber ist das unfair«, beharrte Terence.

Taktlos. Der Fürst wandte sich ihm zu. Eigentlich sah Terence gar nicht aus wie ein Amerikaner. Odette hatte ihn mitgebracht. Sonst konnte man sich auf Odettes Geschmack verlassen. Manchmal verliebte sie sich etwas übereilt; Künstler, Arrivierte, zum Anstecken. Ihr bevorzugtes Jagdgebiet war die Biennale. Alle paar Jahre machte sie Abstecher zur Musik, zur Literatur.

»Dann ist auch die Waffe unfair«, sagte der Fürst in väterlichem Ton. Sein Entschluß, den Amerikaner nie mehr einzuladen, stand bereits fest. »Und dazu überflüssig.« Giulios Lächeln, nur für Eingeweihte deutbar. »Der Fasan läuft Ihnen zwischen die Beine, Terence. Sie können ihn mit den Händen fangen.«

Alle redeten durcheinander.

»Da brachte es einer auf drei Saltos.«

»Ihr werdet sehen. Es dauert nicht mehr lange, und das Wildern wird große Mode.«

»In Amerika. Aber nicht hier.«

»Fasane ohne Wartung! Unmöglich. Die Vermehrung ist viel zu langsam.«

»Wieviel Brutkästen hast du, Giulio?«

»Vier. Dreitausendfünfhundert Eier pro Saison. Das Gesperre braucht Volieren, Futter.«

Man wechselte die Themen mit einer Leichtigkeit, wie sie nur in einem Kreis möglich ist, in dem keiner der Unsitte frönt, dem anderen zuzuhören.

»Er ist nicht mehr der Radames von früher.«

»Bergonzi. Ein Jammer.«

»Ein Kritiker, der das Gras wachsen hört.«

»Eine Krise in der tieferen Mittellage.«

»Alte Sache, er kommt vom Bariton her.«

»Doch nicht Bergonzi.«

»Weinbauernsohn.«

»Einen Einstieg in die Höhe wie kein zweiter. Der pure Neid. Wahrscheinlich von einem Kollegen bestellt.«

»Ein Tenor wird vom B aufwärts bezahlt.«

»Lebt der Fasan in Ehe?« Der Amerikaner. Wahrscheinlich wußte er nicht, was ein B war. Aber Bücher schreiben.

Giulio spreizte die Hand. »Ein Hahn auf fünf Hennen.«

»Der Fasan lebt nicht in Ehe. Er tritt die Hennen abwechselnd.« Wurde Lord Angus allmählich schwerhörig?

»Achttausend Fasane, fünfzehn Treiber, fünfzig Buschierer, zehn Wildhüter, viertausendzweihundert Hektar Land.«

»Zwischen September und Februar.«

»Fünfzig Eier pro Henne.«

»Dreitausendfünfhundert pro Saison.«

»Ich will einen Versuch mit Laverak-Settern machen.«

»In Vernier waren immer Weimaraner.« Giulio deutete auf eines der Wandfresken. Eine Jagdszene, ein Rudel silbergrauer Hunde, ein steigendes Pferd.

»Der Maler?« fragte der Amerikaner.

»Paolo Veronese.« Giulio deutete zur Decke. »Ursprünglich war alles ausgemalt.«

»Vom Krieg zerstört?«

Giulio hob die Hände. Es konnte ja und nein heißen. Er war dieser ununterbrochenen Fragen müde. Was ging es diesen Fremden an, daß dieser Speisesaal hundertfünfzig Jahre lang als Getreide- und Heuspeicher gedient hatte und daß die Gärungsdämpfe die Deckengemälde weggefressen hatten.

»Terence«, sagte der Fürst, »ich werde Sie morgen auf der Jagd Laura anvertrauen.«

Der Amerikaner lächelte Laura zu. Sie blieb ernst. Vom anderen Ende der Tafel kam Cenos Lachen. Es setzte sich fort, zu ihr herauf.

»Keine Hunde. Nur Autos als Treiber und Apportierer.«

»Vandalen!«

»Zielfernschießen vom Fenster aus.«

»Jagen ist die älteste Beschäftigung des Menschen.«

»Tiere aufziehen, nur um sie abschießen zu können.«

Odette warf ihrem Favoriten einen Blick zu wie einem Mann, der, anstatt sie zu verführen, anfängt, über den Sinn der Ehe zu diskutieren.

»Wird irgendein Tier, der Mensch eingeschlossen, zu einem anderen Zweck erzeugt und großgezogen?« Es war Ceno. Er saß leicht vorgeneigt. Seine Hände lagen auf der weißen Tischdecke.

Die Speisen waren abgetragen. Nur die Gläser standen noch da, die Silberschalen mit dem Konfekt. Stühle wurden gerückt.

»Von Tiffany.«

»Die schönsten Patronentaschen im Nationalmuseum in München. Eine Kopie.«

»Ludwig II.?«

»Aus dem Besitz einer Savoyardischen Prinzessin.«

»Schals – nur aus Mexiko, drei Jahre Webezeit, ich trage ihn morgen zum erstenmal.«

»Mehr als fünf Gewehre, das ist Krieg!«

»Du bist ein Puritaner, Ferdi.«

Laura hielt das Weinglas in den Händen, aber sie trank nicht. Ihr Blick ging über die Gesichter. Menschen, die sich entschlossen den Dingen im Leben zugewandt hatten, die man mit den Zähnen, mit dem Gaumen, mit dem Magen bewältigen konnte; die aus dem Leben eine Speisenfolge gemacht hatten, die man nur richtig zusammenstellen mußte.

Man konnte sie weder lieben noch hassen. Sie waren nichts als eine Erinnerung an sich selbst.

Ceno sah zu ihr her. Er hob ihr das Glas entgegen. Hinter seinem Kopf, in der Tiefe des Saals, ragte das drei Meter hohe Gebilde empor, halb Säule, halb Alphorn, das früher als Sprachrohr gedient hatte, um vom Mittelfenster des Schlosses aus den auf den Feldern arbeitenden Knechten Befehle zu erteilen. Im Zwielicht sah man unter der dünnen Pergamentverkleidung das Weidengeflecht. Laura senkte die Lider ein wenig, der durchsichtige Hintergrund kam näher heran, war jetzt unmittelbar hinter Cenos Kopf, löste ihn aus der Umgebung heraus.

Sie tranken sich zu, plötzlich allein, isoliert von den anderen. An der leeren, ruhigen Stelle in Lauras Brust bewegte sich etwas, ein Gewicht, ein Schmerz. Es war noch einmal wie damals, als Cenos Augen zum erstenmal nach ihr gegriffen hatten. Er hatte ihr seine Liebe wie eine Strafe auferlegt. Er hatte sie gelehrt, daß Liebe Schmerz war, Qual, eine Krankheit auf den Tod.

Wie war es geschehen, daß aus dem Schmerz Wohlgefühl geworden war? War es einfach die Zeit? War es die Natur des Menschen zu immunisieren? Hätten sie einander nie berühren dürfen?

Nein, es durfte nicht geschehen, daß Cenos Blick sie träfe ohne dieses Erschrecken. Oder war es schon in diesem Augenblick nur noch eine Chiffre der Vergangenheit, etwas, das nur noch im Hollerithsystem der Erinnerung existierte? Die Stelle in der Brust ruhig und leer? Kein Gewicht? Kein Schmerz?

Wollte sie mehr, als ihr zustand? Seit wann fragte sie nach so etwas? Was war los mit ihr? Wartete sie auf ein Wunder? Wunder geschahen nur, wenn man sie erzwang. Jedes Mittel war recht, um das zu retten, was Ceno und sie einmal waren. Wenn es nur griffbereit war. – Ivanka. Ivanka wartete darauf. Ceno wartete darauf.

Das Arrangement konnte nicht besser sein. Die Zimmer neben denen von Ivanka. Sie hatte Ivanka noch nicht gedankt für den Mut, für die Lüge. Dieser Mut, diese Lüge durften nicht umsonst gewesen sein. Ivanka stand ein Lohn zu. Und Ceno würde ihn bestimmen.

Zuschauen, wenn Ceno Ivanka besaß.

Ivanka als Zeugin, wenn Ceno sie besaß.

Was war die schlimmere Pein für Ivanka?

Waren es Lauras Gedanken, oder waren es Cenos Gedanken? Sie hatten nie reden müssen, um sich zu verstehen. Ceno dachte es. Ceno wünschte es. Diese Nacht. Daß sie Ivanka benützten. Ceno, weil seine Besitzerlust nach Publikum hungerte. Laura, weil sie es nicht ertragen konnte, daß ihre Liebe zu Ceno zu einer sanften Erinnerung wurde. Weil sie es erzwingen wollte, daß diese Liebe aufhörte, Narkose zu sein, daß sie wieder eine Wunde wurde, ein wütender Schmerz, der sie nicht zu Atem kommen ließ.

Der Duft von Mokka. Zwei Diener gingen um die Tafel, schenkten ein.

»Auch eine Art Schlafmittel.« Lord Angus stocherte in seiner Pfeife.

»Mir hat es der Arzt verordnet.«

»Wenn du meinen Kreislauf kennen würdest, Angus.«

Ivanka blickte über die Tafel. Ihre Hände. Wie ruhig sie heute waren. Sie stand auf. Die Tafel war aufgehoben.

Laura nickte Ceno zu. Sie stellte das frisch eingeschenkte Weinglas weg. Sie ging hinüber zu Ivanka; eine Zigarette in der Hand, stand sie in der offenen Flügeltür, die hinaus in den Brunnenhof führte.

Keine Bewegung, als Laura neben sie trat, die Ruhe von jemandem, der zu lange gewartet hat, um noch zu hoffen. Deshalb der Mut? Deshalb die Lüge? Um so besser.

»Du bist schön heute abend«, sagte Laura.

Ivanka wandte den Kopf. Kein Erstaunen. Die weit auseinanderstehenden Augen, ohne Furcht. Sie warf die Zigarette weg. Ihre Augen auf Lauras Brust. Der durchsichtige schwarze Chiffon, das Stück honigfarbener Haut, die fadendünne Silberschnur. Ivanka ließ die schon ausgestreckte Hand sinken.

Giulio, neben ihm Ceno. Eingehakt, beide rauchend. »Laura, helfen Sie mir«, sagte der Fürst, »Ceno will auch diesen Abend mit Geschäften entweihen.«

»Er wird Sie sicher nicht lange aufhalten. Er will nur, daß Sie diesen Abend mit Ihrer Unterschrift adeln.«

»Ceno hat Sie verdorben. Sie wissen immer eine Antwort.«

Laura lachte. Cenos Blick lag auf ihr, ein Blick, der auch Ivanka einschloß.

Laura nahm Ivankas Arm an der Stelle, die Ceno bevorzugte, knapp über dem Ellbogen. Sie ließ die Hand dort. Sie suchte Cenos Blick. Feinde, Komplicen, Liebende sahen sich so an. Laura wußte, sie hatten sich verstanden.

9

Der Mensch könnte ein zufriedenes Dasein führen, wenn er nicht hartnäckig darauf bestünde, geliebt zu werden.

Das weibliche Geschlecht mit seinem Hang zu Extremen geht noch einen Schritt weiter.

Die sentimentale Frau will nicht nur geliebt, sondern auch verstanden werden, was ihr Leben zu einer verfahrenen, enttäuschenden und absurden Angelegenheit macht.

Die leidenschaftliche Frau treibt die Sache auf die Spitze, sie will selber lieben.

Daß Väter erschrecken, wenn ihnen Töchter geboren werden – weise Väter.

Daß Mütter im Beisein ihrer Töchter von der Liebe sprechen wie von Krankheiten und Wahnsinn – vorausschauende Mütter.

Das Verhalten Lauras drängt die Vermutung auf, daß ihre Eltern auf diesem Gebiet sträflich versagt haben. Was Ivanka betrifft, so besteht kein Zweifel, daß sie verwahrlost aufgewachsen ist. Vielleicht war dies der tiefere Grund für ihre seltsame Freundschaft.

Nachdem die beiden Männer sich zurückgezogen hatten, gingen Laura und Ivanka hinaus in den Brunnenhof. Ihre langen Röcke schleiften über das Pflaster. Manchmal berührten sich der schwarze Chiffon und die grellbunte Seide.

Unter der Seide von Ivankas Rock, der aus unregelmäßigen Bahnen und Stücken zusammengesetzt war, zeichnete sich die Kante des Hüftknochens ab.

Die beiden Frauen waren gleich groß, hatten dasselbe Gewicht, aber an Lauras Körper gab es keine Ecken und Kanten. Alles war Oberfläche, vollkommene Linie.

Laura blieb am Brunnen stehen. Sie tauchte die Hand ins Wasser. Ivankas Finger berührten sie. Noch im Wasser fühlten sie sich heiß und trocken an. Laura zog die Hand nicht zurück. Warum dieses Stegreifspiel nicht so beginnen? Zwei

Frauen am Brunnen. Begannen nicht alle venezianischen Komödien ähnlich: zwei Frauen, die etwas planten, miteinander oder gegeneinander, für einen Mann oder gegen einen Mann.

Laura zog die Hand aus dem Wasser. Eine Bewegung. Tropfen flogen durch die Luft. Nicht bis zu Ivanka, nur vor ihre Füße, auf den Saum des Rocks.

Lächelte Ivanka? Das sollte sie nicht. Es geschah nicht für sie, es geschah für Ceno.

»Warum hast du mir gestern nichts von der Umquartierung gesagt?« Laura lehnte mit den Ellbogen auf dem Brunnenrand. Das angewinkelte Knie brach das Plissee des Rocks. Die Schuhspitze wippte unter dem Saum.

Warum antwortete Ivanka nickt? Mußte Laura ihr auch noch beim Lügen helfen?

»Die Tapeten in der Turmsuite sind keine vier Jahre alt«, sagte Laura.

»Sie gefielen mir einfach nicht mehr.«

Nicht einmal eine richtige Lüge. Nicht einmal dazu war Ivanka fähig. Sie verdiente die Lehre. Sie hatte noch Glück, daß Ceno es sein würde. »Du kannst es einfach nicht ertragen, wenn einmal vier Wochen lang keine Handwerker im Haus sind.« Gleichgültigkeit, das Fehlen jeglicher Absicht – es gab kein besseres Mittel der Verführung.

»Ist dir die Umquartierung nicht recht?« Ivankas Augen stellten eine andere Frage, eine Frage, die Laura besser gefiel.

»Es hat mich überrascht. Ich hätte es gerne früher gewußt.«

»Wenn du mir gesagt hättest, daß du nicht mit Valentino fährst, sondern zu Fuß durch den Wald gehst, wäre ich dir entgegengekommen...«

Ivanka hatte in einem Atem gesprochen. Hatte es sie viel Mut gekostet, schlug ihr Herz schneller, war ihr der Mund trocken? Und dort, wo sie gerne ein Mann wäre, Begehren?

Laura schwieg. Sie wußte, daß ihr Schweigen für Ivanka schrecklich war, so schrecklich wie die Stunden des Wartens am Nachmittag. Von welchem Fenster hatte Ivanka die Allee hinabgespäht? Wie oft hatte sie Valentino gefragt? Wie oft war sie schon entschlossen gewesen, in den Wald zu fahren, Laura zu suchen, und wie oft hatte sie es sich verboten? Und alles nur, weil sie ihr, Laura, gleichgültig war! Hätten sie beide dasselbe gewollt, wäre es nicht halb so aufregend gewesen! Wußte Ivanka das wenigstens? Genoß sie ihr Martyrium?

»Ich war im Jagdhaus«, sagte Laura. »Ich habe Oskar mit einem Mädchen überrascht.«

»Alle Männer sind gleich. Kein Mädchen hat Ruhe vor ihnen.«

»Jage ihn fort oder zwinge ihn, das Mädchen zu heiraten.«

»Damit strafe ich nicht ihn, sondern das Mädchen. Er hat seinen Spaß, und sie geht kaputt. Etwas anderes können Männer nicht.«

»Du bist nur noch nicht an den Richtigen geraten.«

Ivanka kam näher. Ihr Arm umschlang Lauras Rücken. Ihre Hand legte sich auf Lauras Hüfte. »Du kennst das andere nicht. Wenn du es einmal kennst, weißt du, daß ein Mann nichts ist.«

Ihre Wangen berührten sich. Ihre Haare verfingen sich fast ineinander. Ivankas Körper strahlte Hitze aus.

Es war noch zu früh; noch durfte Ivanka nicht hoffen. Laura mußte sein wie immer, sanft, gleichgültig, nichts weiter. Und Ivanka würde sein, was Laura wollte: die Verführerin, die die Verführte war.

Odette und der Amerikaner traten in den Hof. Ivanka gab Laura ein Zeichen. Laura folgte ihr zögernd; jeder Schritt, den sie mit Ivanka ging, mußte für die andere ein Geschenk sein. Keine Sekunde durfte sie ihrer sicher sein.

Sie überquerten den Hof, traten in den Schatten der Arkaden. Vor ihnen tauchte die Pforte auf, die zu den Ställen führte.

»Hat Guiscard sich von dem Flug erholt?« fragte Laura. Auf Guiscard hatte Ivanka die Goldmedaille gewonnen. Der Hengst ging nicht mehr auf Parcours, aber er war begehrt als Deckhengst.

»Es dauert immer ein, zwei Tage, bis er sich erholt.« In Ivankas Stimme war etwas wie ein Sprung.

»Es wird ein anstrengender Tag morgen. Wir sollten schlafen gehen.« Laura mußte Ivanka quälen. Sie mußte sie narkotisieren.

Sie gingen den mit tyrischen Winden überwachsenen Laubengang entlang.

»Bist du sehr müde?« fragte Ivanka.

Laura fühlte, daß Ivankas Blick auf ihr lag. Glaubte Ivanka wirklich, sie verführen zu können? Wenn es einen Menschen gäbe, der das könnte! Es gab ihn nicht; immer war sie es, ohne daß sie es wollte. Weil sie es nicht wollte. Weil sie gleichgültig war.

Sie betraten das Schloß durch einen Seiteneingang. Auf der Treppe griff Laura nach Ivankas Hand. Sie eilten die Gänge entlang, durch die Spiegelgalerie. Sie erreichten Lauras Schlafzimmer.

Ivanka war blaß. Das Schönheitspflaster neben dem Mundwinkel war wie ein obszönes Zeichen. Unter der blassen Schminke pulste Blut. »Laß mich noch sehen, ob alles in Ordnung ist.«

Diese Leidenschaft zu stillen – würde Laura dann den Geschmack der Sünde kennen? Diese Leidenschaft zu mißbrauchen, würde sie das lehren, was Sünde war? Laura wußte nicht, daß sie lächelte.

Im Kamin brannte Feuer, afrikanisches Holz, das nach Pfirsich duftete.

Von dem Bett war die Brokatdecke verschwunden. Lauras lavendelblaues Negligé lag dort. Die Seidenpantoffeln standen am Boden. Die Tür zum Bad war geschlossen.

Ceno. Laura horchte. War er schon in seinem Zimmer? Hatte er sie kommen gehört?

Ivanka stand am Fußende des Bettes, mit Gliedern ohne Kraft, nicht mehr mutig, nicht mehr feige. Kein Mißtrauen, keine Hemmung, nur Angst, weggeschickt zu werden.

Laura winkte sie zu sich. Ivanka kam zu ihr. Laura nahm ihre Hand, führte sie dahin, wo eine der Silberschnüre den schwarzen Chiffon zusammenhielt. »Hilf mir.«

Ivankas Augen verschwanden unter den langen, künstlichen Wimpern. Die Hände suchten nach der Silberschnur. Wie zart Ivankas Hände waren, wie sie bebten, als die Schnur sich löste, als der Stoff sich über der Haut öffnete.

Laura machte eine Bewegung. Ivankas Hände konnten vor Lauras entblößter Brust nicht mehr ausweichen.

Laura stand ruhig. Es war mehr Neugier auf sich selbst. Vielleicht gab es doch noch etwas Unentdecktes. Ein Erschauern, das sie noch nicht kannte, eine Lust, die anders schmeckte.

Ivankas Haar, steif vom Spray, streifte ihren Hals. Ivankas Lippen, die sich entspannten, die weich wurden, die sich öffneten, die anzuschwellen schienen auf Lauras Haut. Heiße, trockene Fingerkuppen am Hals, auf den Brüsten. Ein scharfer Schmerz.

Ivanka kniete vor Laura am Boden. Sie fing die niederflatternde Bluse auf. Sie schloß die Arme um Lauras Schenkel.

Der Spiegel über dem Kamin; ein Bild, das Laura gleichgültig ließ: eine halbnackte Frau und ihr zu Füßen eine Dienerin. Wo war der Maler, für den diese Szene gestellt worden war?

Sich selber zusehen – wie Laura das haßte! Sie beugte sich zu Ivanka. Sie griff nach den roten Ohrgehängen. Sie spürte den Widerstand der Haarsträhne, in der sie sich verfangen hatten. Sie riß sie von den Ohrläppchen. Ivanka stieß einen Schrei aus.

Laura steckte sich den Schmuck an die Ohren. Das Metall der Klipse strahlte dieselbe trockene Wärme wie Ivankas Hände aus. Die Gehänge streiften Lauras Wangen.

»Gib mir deine Ketten«, sagte Laura.

Ivanka zog die Ketten über den Kopf. Laura nahm sie ihr aus den Händen. Wie leicht sie waren. Wie Laub. Sonnenwarmes, dürres Laub. Raschelnd glitt es über Lauras nackten Hals, über die Brüste, Laura sah nicht hinüber zum Spiegel.

Sie sah nicht in das Gesicht, das zu ihr emporstarrte. Sie raffte den Rock. Sie stieg aus Ivankas Umklammerung.

Wenn Laura ein Theaterstück langweilte, ging sie. Warum ging sie jetzt nicht? Sie streckte Ivanka die Hände entgegen. Sie half ihr auf. »Dreh dich um!«

Ivanka gehorchte. Laura knöpfte Ivankas Bluse auf dem Rücken auf, streifte sie von den Schultern, ließ sie zu Boden fallen. Die sandfarbene Taille ohne Spitzenbesatz. Seidenbroché. Der Reißverschluß im Rücken. Kein Stützkorsett darunter. Wo war der Wirbel, der damals beim Sturz vom Pferd gebrochen war?

Laura fuhr mit dem Fingernagel die Wirbelsäule entlang. In der Haut entstand eine weiße Spur, die sich rot färbte, anschwoll.

Laura löste den Bund des Rocks. Um Ivankas Knöchel bildete sich ein bunter Wall aus Seide. Laura legte die Hände auf Ivankas Hüften. Sie suchte den Rand des sandfarbenen Slips. Langsam schob sie die Finger zwischen Slip und Haut, langsam zog sie ihn herunter. Sie spürte den Schauer, der Ivanka durchrann.

Ihre gleichgültigen Hände, wie geschickt sie waren, wie gut sie sich darauf verstanden.

Laura drückte Ivanka in den Sessel. Sie kniete sich vor Ivanka auf den Boden. Sie löste die Sandalen von Ivankas Füßen. Sie fuhr mit den Händen über die jünglingshaften Schenkel, über das durchmodellierte Knie. Sie spürte die Muskeln der Waden. Sie zog die Hand zurück. Warum konnte sie nicht begehren? Warum war sie nicht einmal neugierig auf diesen Körper, der sich ihr auszuliefern bereit war?

Sie rollte das silberne Schminktischchen heran. Sie drückte Ivankas Kopf in das Polster, sie legte ihre Arme auf die Lehnen. »Halt still.«

Henna. Henna für Ivankas Brüste mit der bläulichvioletten Warze. Laura massierte die Farbe mit den Fingerspitzen ein. Puder. Violettes Rot. Violettes Rot auch auf Ivankas Lippen, auf ihre nackten Fußsohlen, in ihre Handflächen.

Ivankas künstliche Wimpern warfen einen Schattenkranz über ihre Wangen. Laura legte ihre Hände auf Ivankas Augen. Sie beugte sich und küßte Ivankas Gesicht, sanft und zärtlich. Nicht mehr, um die andere zu verführen. Nur noch, um sich selber zu verführen.

Sie spürte das Flattern der Augenlider unter den Händen. Ein Lachreiz überkam Laura. Lachen. Ivanka aufwecken, sie auslachen, sie demütigen, sie töten mit diesem Lachen.

In ihrem Rücken knisterte das Kaminfeuer. Neben dem Bett am Boden lagen die bunten Kleidungsstücke. Ceno! Stand er schon hinter der Tür, verfolgte sein Blick schon alles?

Laura streifte das Haar von Ivankas Ohr. »Ich bin gleich wieder bei dir«, flüsterte sie. Sie erhob sich. Der Teppich machte ihre Schritte unhörbar. Sie griff nach der silbernen Kordel neben dem Spiegel. Der große Lüster erlosch. Es gab nur noch die ovalen Lichthöfe der violetten Lampen, an der Decke und am Boden.

Laura blickte noch einmal zu Ivanka. Sie lag in dem Sessel, den Kopf zurückgelehnt, die Beine gespreizt, wie nach dem Liebesakt vom Schlaf überwältigt.

Laura flüchtete.

Ceno war in seinem Zimmer. Er stand an der Balkontür und rauchte. Er wandte ihr den Rücken zu. Das glatte schwarze Tuch des Smokings spannte über seinen Schultern.

Laura berührte ihn am Arm. Er wandte sich um. Er schloß die Balkontür. Er zog die Vorhänge zu. Er griff in die Ketten, die sie Ivanka abgenommen hatte, zog sie zu sich her. »Ich habe nicht gedacht, daß du es fertigbringst.«

»Du hast es dir gewünscht.«

»Ich habe es mir vorgestellt. War es sehr schwierig?«

»Ich muß zurück. Laß mir noch etwas Zeit. Ich werde die Tür zum Bad nur anlehnen. Im Spiegel über dem Kamin siehst du, wann du kommen kannst.«

Laura wollte gehen. Ceno hielt sie fest. »Ist Ivanka schon ausgezogen?«

»Ja.«

»Hast du es getan?«

»Ja.«

»Dann will ich dich jetzt ausziehen.« Er fand den Verschluß der Rockpasse nicht sofort. Er zerriß den Stoff.

Er drängte sie gegen die Wand. Laura fühlte, wie das Brokatmuster der Tapete sich in ihre Haut preßte. Ein Schmerz durchfuhr sie. Sie warf den Kopf zurück. Er nahm sie im Stehen. Die roten Blätter der Kette raschelten zwischen ihren Leibern.

Ivanka lag in dem Sessel wie vorher. Der Feuerschein auf ihrem nackten, geschminkten Leib, der große Amethyst an ihrer Hand.

Laura ging nicht zu Ivanka. Sie legte sich auf das Bett. Sie rief Ivanka. Sie war ungeduldig. Sie streckte die Arme nach Ivanka aus. Sie griff in das rötliche aufgewühlte Haar. Sie packte Ivanka daran. Sie zog Ivankas Kopf herunter, drückte ihn in ihren Schoß.

Sie blickte hinüber zu dem Spiegel; es war nicht Ivanka, der sie zu Gefallen war, sondern Ceno.

10

Nicht alles ist Schöpfungsfehler. Nicht alle Gebrechen waren dem Menschen von Anbeginn mitgegeben. Der Wahnsinn ist sehr viel später aufgetreten. Seine krasseste Form wurde im Abendland kultiviert: die Liebe.

Una cum uno. Eine mit einem, lebenslang, unauflöslich, ausschließlich. Ein Konzept der Liebe, deren notwendiges Ziel die Zerstörung ist. Die Zerstörung des einen Liebenden und die Selbstzerstörung des anderen.

Romeo und Julia eine Tragödie?

Sieht es nicht eher nach Notwehr aus, nach einer Gewalttat, diese wahnsinnige Liebe durch Selbstmord zu beenden?

Romeos Lippen sind noch warm, als Julia ihn findet. Konnte er nicht die wenigen Minuten warten; sich erst einmal bei einem anderen Mädchen ausweinen?

Was wäre geschehen, wenn die Liebe in diesem jungen Mann nicht bereits eine lebensgefährliche Form des Wahnsinns erzeugt hätte:

Julia erwacht. Sie verläßt den Sarg. Sie sucht Romeo. Sie findet ihn, weinend, das Haupt im Schoß einer anderen, in seinen Locken die Finger einer anderen. (Wenn eine Frau Trost geben kann, können zwei Frauen mehr Trost geben.) Also legt Julia den Arm um ihn. Sie ruft ihn beim Namen. Er hört ihre Stimme. Er glaubt zu träumen. Die Mädchen erfaßt Rührung. Die drei liegen sich in den Armen.

Keine Tragödie – sondern ein Trio.

Die Möglichkeit, daß die heißblütige Julia das andere Mädchen eines Tages heimgeschickt und die andere Variation des Trios – zwei Männer und eine Frau – ausprobiert hätte, ist nicht auszuschließen. Die vitale Frau der mutterrechtlichen Gesellschaften bevorzugte diese Form des Trios – eine Frau und zwei Männer. (Wenn ein Mann gut ist, sind zwei um so besser.)

Die andere Form des Trios – zwei Frauen und ein Mann –

ist ebenfalls eine Erfindung der Frau. Im Babylon des Hammurabi und im Jerusalem des Jakob begegnen uns allenthalben Frauen auf der Suche nach der Dritten.

Frauen, die keinen Geschmack am Kinderkriegen finden.

Frauen, die mehr zur Geliebten geschaffen sind als zur Mutter.

Frauen mit dem Hang zu extremen Liebesbeweisen.

Frauen mit einem gesunden Mißtrauen gegen den der menschlichen Natur so widersprüchlichen Zustand der Monogamie.

Zu dritt ist die Ehe nicht mehr halb so eintönig und schwierig. Man ist endlich nicht mehr den ganzen Tag allein; von den Launen des Mannes trifft jede nur noch die Hälfte; Konkurrenz ist das beste Mittel gegen Alter und Trägheit.

Zwei Frauen und ein Mann – das ist etwas für die neugierige, experimentierfreudige Frau, die alle sexuellen Möglichkeiten am eigenen Leib ausprobieren will.

Oberflächlich betrachtet schien Laura alle Voraussetzungen dafür mitzubringen.

Am Arm von Ceno betrat sie am anderen Morgen, kurz vor halb sieben Uhr, das Frühstückszimmer. Dem schmalen Raum mit der Kassettendecke, früher einmal Pagengarderobe, haftete etwas von Schule und Internat an. Auch das gehörte zu den Jagden in Vernier. Dieser Imbiß im Stehen vor dem Aufbruch zur Jagd war nichts weiter als ein schneller heißer Trunk, um auf die Beine zu kommen. Frühstücken würde man erst, wenn man im Jagdhaus angelangt war.

Man begrüßte sich ohne Förmlichkeit. Ein Blick, eine Handbewegung, ein Kuß auf die Wange, eher Gesten von Verschwörern als von Freunden. Man trug Tweed und Leder. Die Farben schienen alle auf einer Palette gemischt, Olive, Ocker, Umbra, Tabak. Man war miteinander zufrieden. Man bemerkte Odettes mexikanischen Schal, den Gamsbart auf dem Trachtenhut des österreichischen Herzogs, und man fand Lauras Kostüm – hüfthohe Stiefel und superkurzes Lederwams – phantastisch praktisch.

Es duftete nach Kaffee, gekochter Milch und geröstetem Brot. Die großen, dampfenden Silberkannen gingen von Hand zu Hand. Auf runden Silbertabletts standen die Honigsorten, die in Vernier gewonnen wurden.

Laura nahm einen Teelöffel Akazienhonig und goß, den Löffel langsam drehend, heißen Kaffee darüber. Sie reichte Ceno die Tasse. Nach Nächten, in denen er wenig schlief, hatte er immer dieses junge Gesicht. Für diese Augen hatte sie Ivankas endloses Ritual von Liebkosungen über sich ergehen lassen. Für diese Augen hatte sie Ivankas Schoß geküßt.

Es war viel zu leicht gewesen. Es hatte Laura keine Überwindung gekostet. Keine Scham, kein Nachgeschmack, auch jetzt am Morgen nicht.

Wozu dann?

Die Vorlegegabel mit den zwei spitzen Zinken – wenn Ceno verlangen würde, daß sie sich die Hand damit durchstoßen sollte, wäre das genauso leicht, genauso nutzlos? Würde sie wenigstens Mut dazu brauchen, die Beherrschung, nicht aufzuschreien?

Ivanka kam herein. Ein Blick durch den Raum, ein Blick, der allen galt. Die Hausherrin.

Ceno trat etwas von Laura weg, schuf zwischen sich und ihr eine Lücke. Eine Geste, die Ivanka einlud, sich zu ihnen zu gesellen.

Laura füllte für Ivanka eine Tasse. Ein Drittel Kaffee, zwei Drittel Milch, kein Zucker. Sie hielt Ivanka die Tasse hin. Noch ein halber Schritt. Ivanka stand vor ihr, nahm die Tasse. Eine Schicht blassen Puders lag auf ihrem Gesicht. Zwei Schildpattspangen hielten das Haar.

Nachts hatte Ceno in dieses Haar wie in Zügel gegriffen. Ivanka hatte um sich geschlagen. Ein stummer, wütender Kampf, Ivanka am Boden, über einen Schemel gekrümmt. Sie war nicht geflohen. Für Lauras Hand, die sie streichelte, für Lauras Mund, der sie küßte, hatte sie den Mann ertragen.

Ceno hatte bekommen, wonach ihn verlangt hatte. Ivanka hatte bekommen, wonach sie verlangt hatte. Eine Droge, die ihr Verlangen nicht gestillt, sondern nur gesteigert hatte.

Ivanka hob die Tasse an den Mund. Sie trank, ohne abzusetzen. An den Wangen zeichnete sich die Bewegung der Zunge ab, dieser wilden, gierigen Zunge, die nie satt wurde, die genauso gut war wie ein Mann.

Laura hatte sich die Liebe einer Frau exotischer vorgestellt, ein Narkotikum. Für Ivanka war es das. Sie zahlte jeden Preis dafür.

Oder war diese Nacht auch ihr ein zu hoher Preis gewesen?

Ivankas blasses Gesicht. Laura hatte es nachts verwüstet gesehen. Ivanka hatte sich kaum auf den Füßen halten können. Laura hatte ihr die Sachen gereicht, Stück für Stück. Sie hatte die Bluse zugeknüpft, den Rock zugehakt. Neidvoll, daß für Ivankas überreizte Sinne jede Berührung Qual war, daß ihr Körper fieberte, während sie, Laura, nur empfand, daß sie müde war, und daß der Wärmestrom aus dem Kamin allmählich nachließ.

»Noch eine Tasse?« fragte Laura.

Ivanka nickte. Sie konnte sich nicht bezwingen, sie berührte Lauras Hand, als sie ihr die Tasse reichte.

Wie hatte Ivanka den Rest der Nacht verbracht? Hatte sie überhaupt geschlafen? Hatte sie noch gestern nacht in ihrer Blusentasche das Päckchen mit den Tausend-Lire-Scheinen gefunden, das Laura hineingesteckt hatte? Ein plötzlicher Einfall, während Ceno Ivanka besaß. Weder Ceno noch Ivanka hatten etwas bemerkt. Ein Griff in die Handtasche. Die goldene Krawattenspange Cenos, ideal, um die Geldscheine zusammenzuklammern und den Verdacht auf Ceno zu lenken.

Ob Ivanka geweint hatte? Ob sie die Scheine zerrissen hatte?

Ceno ließ die Zigarettendose aufspringen. Er bot den Frauen an. Als das Feuerzeug aufflammte, fiel Ivankas Zigarette zu Boden. Die Augen der Frauen begegneten sich. Jetzt war Laura sicher. Ivanka war ahnungslos. Nicht einmal ein Verdacht, daß Laura es gewesen sein könnte, die ihr das Geld zugesteckt hatte.

Laura reichte Ivanka die eigene angerauchte Zigarette. Hatte sie sich gewünscht, daß Ivanka Ceno hassen sollte? Oder hatte sie Ivanka nur etwas mit auf den Weg geben wollen, einen Halt, eine Wegzehrung an Schmerz? Körperlicher Abscheu war etwas, das sich zu leicht verflüchtigte. Haß war beständiger.

Zu dritt traten sie in den Hof hinaus. Der Morgen war kühl und dunstig. Die Jagdjeeps, mit denen die Gesellschaft zum Jagdhaus fahren würde, standen bereit.

Laura hakte sich bei Ivanka ein. Die Nacht war ihr noch nicht genug. Ivanka sollte ihrer ganz sicher sein. Nur sie beide. Ohne Ceno! Ivanka sollte nichts anderes mehr denken können. Um so mehr würde sie Ceno hassen.

Ceno ging vor ihnen. Die Pflastersteine des Hofs waren feucht vom Tau. Die grauen Dächer glänzten. Auf den weißen Hauben der Schornsteine lag blaßrosa der Widerschein des Himmels.

Die Jagdjeeps standen hintereinander. Karierte Wolldekken waren über die Sitze gebreitet.

Ceno ging auf den ersten zu. Er öffnete den Schlag. Er wandte sich um. Er stand dort. Ein Bild in den mageren Farben und den dünnen Umrissen einer Kaltnadelradierung. Die ganze Gestalt eine einzige Linie, ohne jede Unsicherheit, ohne ein Verbessern oder Verwischen. Die Lippen dünn, die Augen still, etwas schräg. Die Stirn breit, das Kinn eckig. Die Hände knochig mit langen Fingern. Der Leib flach, die Taille hoch. Die Brust breit. Die Ohren klein und dünn, mehr Blätter als Muscheln, wie es einem Mann zukam, der nicht mit den Ohren auffaßte, sondern mit dem Gehirn.

Warum konnte sich Laura nicht Ivankas Haß ausborgen? Nur um etwas zu spüren, etwas, das weh tat, so wie früher einmal die Liebe.

Die Handlungen einer Frau! Wer weiß schon, warum sie geschehen. Sie selber weiß es nicht. Wenn man sie fragt, wird sie mit einer Lüge antworten – und sich gedemütigt fühlen.

Wenn eine Frau schön ist, bleibt ihr diese Demütigung erspart. Wenn sie schön ist, darf sie alles. Niemand wird Rechenschaft von ihr fordern.

Schönheit ist Rechtfertigung für alles.

Nicht die Schönheit, die dem Schaum des Meeres entstieg – Venus.

Venus hat ihre eigenen Gesetze, und sie gelten alle gegen den Mann. Venus hat ihre eigenen Riten, und immer ist der Mann das Opfer. Zaudert einer? Versucht einer zu fliehen, wenn ihre Hand ihm winkt?

Wie schön ist das Auge, das ihn als Opfer auserwählt. Wie hold klingt die Stimme, die das Urteil spricht. Wie verführerisch ist die Bewegung, die das Zeichen zum Töten gibt.

Wie schön Laura an diesem Morgen war.

Sie hatte neben Ivanka auf dem Rücksitz des Jagdjeeps Platz genommen. Ceno saß vorne. Oskar steuerte.

In Oskars Nacken stand immer noch die Röte, die ihm in den Kopf gestiegen war, als er die Decke um Lauras Füße gelegt hatte. Plötzlich hatte sich seine helle Haut verfärbt. Für Augenblicke hatte er sich wie ein Blinder bewegt, dann war er um das Auto herumgelaufen, hatte sich ans Steuer gesetzt.

Zwischen den Stämmen der Allee spannte sich die Helligkeit wie dünnes rosafarbenes Papier. Den Wagen vor ihnen chauffierte Valentino. Er trug eine Sonnenbrille und eine karierte Mütze.

Laura legte die Arme auf die Lehne von Cenos Sitz. Für Ivanka konnte sie im Moment nichts tun; aber wie war es mit Valentino? Hatte sie ihn nicht vernachlässigt?

»Woher stammt Valentino eigentlich?« fragte sie. »Ein Kalabrese?«

Ceno wandte sich um, verblüfft, daß sie es erraten hatte. »Sprich ihn nicht darauf an. Er hört es nicht gern.«

»Wie kam er nach Amerika?«

Ceno antwortete nicht sofort. Er schien auszuwählen unter dem, was es über Valentino zu sagen gab. »Die alte Geschichte. Am Anfang sind alle Menschen gut, aber das Leben und die Liebe ändern das. Ein armer Junge aus einem armen Dorf. Irgendeiner entehrt die Schwester. Valentino stellt die Familienehre wieder her. Damals kam er nach Amerika. Er war intelligent, und es gab nur eines, wovor er Angst hatte: zurück zu müssen nach Kalabrien. Inzwischen kauft er heimlich Land auf in seiner Heimatgemeinde. Keiner weiß, wer dahintersteckt, nicht einmal seine Mutter. Sie glaubt immer noch, er sei drüben.«

Laura ließ eine Weile vergehen, bevor sie sagte: »Eigentlich brauchst du Valentino doch nicht mehr.«

Ceno sah an ihr vorbei. Laura wußte nicht, was er dachte, was hinter diesen Augen, hinter dieser Stirn vor sich ging, in diesem Arsenal von Gedanken, von Wissen, von Wahrheiten, aus dem er sparsam zu wählen verstand.

»Wer übrigbleibt, gehört zusammen«, sagte Ceno.

Es war die Antwort, die sie hatte hören wollen, aber sie war Laura noch nicht deutlich genug, sie wollte mehr. Sie brauchte es wie eine Streichfläche, um ihren Einfall daran zu entzünden. »Nach so vielen Jahren?« sagte sie.

»Das hat mit der Zeit nichts zu tun. Es gibt Verträge, die nicht auslaufen.«

»Männer machen aus allem eine Religion.«

»Das ist das Glück der Frauen.«

»Ich habe mich in der Kirche immer gelangweilt.«

»Du bist nur auf die Hölle neugierig.«

»Wenn es nur nicht so schwierig wäre, hinzufinden.«

»Du bekommst immer, was du willst.«

Ihr Blick streifte ihn, die Sanftheit ihrer Augen. »Das mit Valentino solltest du dir überlegen.«

Ceno sah sie nachdenklich an. War es der Wohllaut ihrer

Stimme, oder war es etwas anderes, dem er nachlauschte, etwas, das dieser Wohllaut ihm verbarg und das er nicht deutlich erkennen konnte?

Es war ein fester Ritus der Fasanenjagden in Vernier, daß man die Wagen am Ende der Allee verließ und die letzten fünfzehnhundert Meter bis zum Jagdhaus zu Fuß zurücklegte.

Der Feldweg war schmal. Laura ging durch das hohe Gras am Rande der abgeernteten Felder. Die Erde kam überall zum Vorschein. Den Horizont säumte ein Wald. Schwalben schossen durch die Luft. Alles war grau und blau – die Erde, der Himmel, die Luft.

Die Sonne stand tief; ihr weißes Licht traf genau in die Augen. Laura setzte die Sonnenbrille auf. Um sie herum waren Stimmen.

»Nach Vernier brauche ich immer ein paar Tage, um mich wieder an Paris zu gewöhnen.«

»Versuch es doch mal mit Gaddi in Florenz. Seitdem kenne ich keine Schwielen und keine Hühneraugen mehr. Ich brauche nur anzurufen und Farbmuster zu schicken.«

»Ein Rezept aus Ungarn. Mit Quark. Allerdings muß man Süß mögen.«

»Was man einmal versäumt hat, kann man nicht mehr nachholen. Trotzdem ist er der Kräftigste in der Klasse.«

»In der Schweiz. Natürlich.«

»Mit Taschengeld bin ich spartanisch. Ein Junge ohne Vater. Wenn ich mir vorstelle, daß es noch früher passiert wäre. So hat er doch eine genaue Erinnerung. Er konnte noch nicht schreiben, als Guy ihm beibrachte, Partitur zu lesen.«

Odette hatte Laura eingeholt, ging neben ihr. »Roger vergißt nie einen Gruß an dich. Er schwärmt für dich.«

»Wann gibt er sein erstes Konzert?«

»Er hatte ein Angebot für Aix. Aber er hat den Vollkommenheitswahn.« Odette zog Laura zur Seite; man war am Jagdhaus angelangt. »Läßt du mich heute abend deine Stiefel anprobieren? Man hat Hemmungen als Witwe und als Mutter von einem erwachsenen Sohn. Aber ich bin jetzt endlich auf achtunddreißig runter. Als Guy starb, hatte ich Größe zweiundvierzig. Er hätte nie gedacht, daß ich das schaffe.«

Laura sah in das sorgfältig aufgemachte Gesicht (Helena Rubinsteins Illumination). Seit Odette Witwe war, verschwand ein Fältchen nach dem anderen daraus. Nächstens würde es auch die kleine steile Furche zwischen den Brauen nicht mehr geben, und ihre Liebhaber würden noch ein paar Jahre jünger werden.

In der Mitte des Hofes hatten die Treiber und Buschierer einen Kreis gebildet. Um die Schulter die weißen Treibercapes, die sie kenntlich machen würden, standen sie dort, die Hände gefaltet. In der Mitte des Kreises stand der Jagdaufseher und sprach ein Gebet. Die Männer bekreuzigten sich.

Die Hunde, die zwei Jagdhelfer an Koppeln führten, wurden unruhig.

»Ein wahnsinniger Verlust, wenn es das eines Tages nicht mehr gäbe«, flüsterte Odette. »Guido ist ein solcher Ästhet.«

Unter den Treibern stand Oskar. Er war weiß wie das Licht der Sonne, weiß wie das Cape auf seinen Schultern.

Auch das gehörte zum Ritus dieser Jagden, daß für jeden Gast zum Frühstück im Jagdhaus ein Lieblingsgericht bereitstand. Für Laura war es Lammfilet medium.

Im Kamin prasselte das Feuer. Der Duft von Holz, Gewürzen und Speisen erfüllte den großen Raum mit der niedrigen Balkendecke.

Ceno saß in dem Backenstuhl. Das bordeauxrote Leinen des Bezugs war grob wie Rupfen und stachelig wie Heu. Laura wußte es. Sie hatte es gestern auf der nackten Haut gespürt.

Ob Ceno auch an dieser Art Trio Gefallen fände? Er wandte sich immer wieder an Ivanka, die neben ihm saß. Er legte vor. Er schenkte nach. Jeder Handgriff, jedes Wort mußte Ivankas Haß gegen Ceno schüren. Wenn ihr Haß gegen ihn heute früh noch etwas Ungeformtes war – jetzt mußte er sich kristallisieren, zu einem Exzeß der Rache.

Das Klappern der Bestecke, die Messerschneiden auf den Tellern, das Klirren der Gläser – es wurde plötzlich etwas daraus, das Laura wie ein Strudel einsaugte. Sie saß da, das Besteck in der Hand. Gleich mußte es geschehen. Was würde es sein? Würde die Balkendecke herunterkommen, sie alle erschlagen? Feuer, das aus dem Kamin sprang, das über den Boden lief, in dem sie ertranken; der Degen, der dort an der Wand hing, die dünne blanke Schneide, der ziselierte Griff. In Ivankas Händen. In Cenos Leib. Blut. Blut auf dem weißen Tischtuch, auf den Servietten, in den Gläsern.

Es war angenehm, etwas wie Trunkenheit. Es verging wieder.

Ceno neigte den Kopf zu Ivanka. Ivanka hörte ihm zu. Plötzlich lachte sie. Mit offenem Mund. Haß. Unermeßlicher Haß. Aber war dieser Haß verläßlich? Hatte er die ruhigen Hände, die man brauchte, um zu töten? So wie Valentino, der sich schämte, daß er Kalabrese war, von dem Ceno sich nicht trennen konnte.

Laura suchte Valentino mit den Augen. Er konnte nicht im Raum sein, ein Diener. Nebenan bereitete er die Jagdwaffen vor.

Einer der Plätze am Tisch war leer. »Was ist mit Lord Angus?« fragte Laura.

»Gichtanfall. Steif bis in die Fingerspitzen, der Ärmste.«

»Zu dreizehnt auf die Jagd – das ist eine Zumutung.«

»Abergläubisch?«

»Es wird doch ein vierzehnter aufzutreiben sein.«

»Es muß ein guter Schütze sein, sonst bringt er alles durcheinander.«

»Ich schlage vor, nehmt Valentino«, sagte Laura. Wie gut sich alles fügte an diesem Morgen.

»Laura hat recht«, sagte Ceno. »Valentino ist ein ausgezeichneter Schütze.«

Laura lächelte Ceno zu.

Er sah sie aus ernsten Augen an. Versunken in den Zauber ihres Lächelns? Oder forschend nach etwas, das der schöne

Schein ihm verbarg und das er nicht enträtseln konnte, wie Chiffren einer fremden Schrift.

Die Jagdgesellschaft drängte zum Hof hinaus. Laura knöpfte ihr rehbraunes Wams zu. Ziegenleder. Auf Figur. Nichts daran als die doppelt gesteppten Nähte. Sie trat zu Valentino an den Tisch mit dem eingelegten Schachbrettmuster. Zur Hälfte war eine schwarze Decke darüber gebreitet, und darauf lagen zwei Bockflinten. Das weiche Braun des Walnußholzes, der blauviolette Schimmer des Stahls, das rötliche Gold der Einlegearbeiten.

»Ich freue mich, daß du diesmal mit dabei bist, Valentino.«

Er hob den Kopf. Im Kapitolinischen Museum in Rom gab es eine Büste aus Basalt, die ihm ähnelte. Er besaß die Schönheit eines Bastards. Er war kein Diener. Sie verstand, warum Ceno ihn nicht wegschicken konnte.

Valentino legte den Lappen weg, nachdem er noch einmal über den Lauf gefahren war.

Freute er sich nicht auf die Jagd? War er zu stolz, es zu zeigen?

»Ceno hat mir gesagt, daß du Sehnsucht nach Kalabrien hast. Ist das wahr? Willst du uns wirklich verlassen?«

Sie hörte ihn atmen. Wie ein Flötist, der hastig Luft holt. Aber sie wollte mehr. »Es hat mich überrascht. Wird es schon bald sein?«

Valentino senkte den Kopf. Seine Wimpern, glänzend wie die einer Frau. Das tiefe Braunrot der aufeinandergepreßten Lippen. Behutsam nahm er eine Flinte vom Tisch. »Ihre Waffe, Signora.« Er nahm die zweite.

Laura sah ihn an, mit ihren schönen Augen. Der Pfeil war durch den Harnisch gegangen, er hatte getroffen. Noch tat er nicht weh; die Schmerzen würden später kommen, wenn die Betäubung aufhörte, wenn er zu begreifen begann.

»Wer hat die anderen Flinten? Hat Ceno zwei mitgenommen?«

»Die Fürstin. Sie sagte, sie hätte mit Ihnen gesprochen.«

»Natürlich.« Laura deutete auf die Ablage unter dem Fenster. »Meine Handschuhe, bitte.«

Hatte sie Ivanka unterschätzt?

Laura sah, wie Valentinos Hände sich um ihre Handschuhe schlossen, wie um etwas Lebendiges.

An dem Leder haftete etwas von der Wärme seiner Hände. Laura zog die Handschuhe an, langsam, mit gespreizten Fingern. Sie strich das Leder glatt, schob die Zwickel zwischen die Finger. Jede Bewegung war für ihn. Sie schlug die Stulpen um. »Nach der Jagd gehören sie dir, Valentino.«

Er hielt ihrem Blick stand. So kannte sie ihn. So zeigte ihn die Fotografie. Mit diesen leeren, wartenden Augen. Ein Mann, bei dem es keiner Worte bedurfte, damit er Befehle verstand.

Laura nahm das Gewehr und ging hinaus.

Die Treiber waren in dem lockeren Gehölz, das in einer schrägen Linie das Feld durchschnitt, verschwunden. Zwischen den Birkenstämmen leuchteten die weißen Capes. Die Treiber warteten auf das Aufgehen der Jagd.

Der Standort der Jagdgesellschaft war das künstlich angelegte Röhricht längs des Wasserlaufs.

Von der Erde stieg Kühle auf, der Geruch von Verwesung. Versteckt zwischen den Halmen wuchsen gelbe und weiße Margeriten, magere Blüten auf zu langen Stengeln, die so zäh waren, daß ein Tritt sie nicht zu knicken vermochte. Nicht einmal, wenn Laura mit den Stiefelspitzen danach schlug, brachen sie.

Sie hatte die Flinte umgehängt. In der Hand trug sie Patronentasche und Feldstuhl. Neben ihr schnürte der Hund, ein silbergrauer Weimaraner. Wie Wellen des Winds liefen die Spuren der Hunde überall durch die Halme. Keiner gab Laut.

Niemand sprach jetzt mehr. Die Standplätze waren genau festgelegt. Giulio duldete keine Zufälle bei seinen Jagden. Er arbeitete sie aus wie ein Choreograph ein Ballett. Der Standplatz jedes Jägers war markiert. Ein unsichtbares, genau berechnetes Koordinatensystem verband die Plätze der Jäger mit denen der Treiber, so daß auf jedes Gewehr dieselbe Anzahl Wild kam.

Laura hatte ihren Platz erreicht. Sie klappte den Feldstuhl aus. Die Spitzen der Beine schnappten heraus. Sie stellte ihn auf den Boden, drückte ihn in die Erde. Der Hund drehte sich ein paarmal um sich selbst, unruhig, witternd, und ließ sich dann auf die Hinterpfoten nieder, die Schnauze erhoben.

Laura öffnete die Patronentasche. Sie lud das Gewehr durch. Dann hob sie die Hand zum Zeichen, daß sie bereit war.

Überall gingen aus dem schulterhohen Röhricht die Hände hoch. Braune Ärmel, ein Stück Haut, die Streifen weißer Manschetten, braune Handschuhe.

Etwa fünfzehn Meter weiter stand Ceno. Das Licht lag voll auf seinem Gesicht. In der durchdringenden Helligkeit dieses Morgens schien es blutleer. Nicht Haut, nicht Knochen, sondern Weidenrinde, auf die mit Kohle der Umriß eines Gesichts gezeichnet war.

Schräg dahinter stand Ivanka. Ihr glatt aus der Stirn gekämmtes Haar schimmerte rötlich. Eine Sonnenbrille verdeckte ihre Augen.

Valentino stand in der letzten Reihe, unmittelbar am Fluß. Leere, wartende Augen, die Lauras Blick auffingen.

Alle waren bereit.

12

Wenn es von einer Frau unvorsichtig ist, ihre Beziehung zu einem Mann auf Liebe zu gründen, so handelt der Mann, der eine derartige Beziehung eingeht, selbstmörderisch.

Drei Dinge sind für die Frau absolut unerträglich und zwingen sie zu extremen Reaktionen:

Noch nicht zu lieben.

Zu lieben.

Nicht mehr zu lieben.

Die keusche Frau ist ein Teufel, solange sie nicht liebt.

Die leichtfertige Frau wird eine Heilige, sobald sie liebt.

Die treue Frau wird ein Ungeheuer, wenn sie zu lieben aufhört.

Laura nach diesem Schema einzustufen, muß man sich versagen. Das Glück, zu dessen Lieblingen sie zählte, ließ es nicht zu, daß sie ein Durchschnittsschicksal erlitt, das mit Durchschnittsmaßstäben zu messen wäre.

Man mußte Laura nur bei der Jagd beobachten, um die Vorliebe des Glücks für sie zu verstehen:

Sie legt die Flinte erst im letzten Moment an. Mit so ruhiger Hand, daß die Bewegung, mit der sie die Waffe hebt, langsam wirkt. Sie hat den Fasan im Visier, der dunkelgraue Kopf, der weiße Halsring, die gesprenkelte Brust, der lange gebogene Schwanz. Mit spitzer Tuschfeder scheint er in den Himmel tätowiert.

Laura zieht den Hahn durch. Der Vogel kippt. Ein paar abgebrochene Federspitzen sind um ihn, Brustflaum. Er fällt in den Acker.

Laura wußte nicht, der wievielte Treffer es war. Sie zählte nicht mit. Es interessierte sie nicht. Es war immer dasselbe, seit Stunden. Nach jedem Treiben war Pause. Man verließ den Stand. Man knüpfte abgerissene Gespräche wieder an. Man erfrischte sich. Die Jagdhelfer brachten mit den Hunden das Wild ein. Die Treiber bezogen neue Posten.

Die Jagdgesellschaft war mit der Sonne gewandert, immer in dem Gürtel von Schilf und Rohr bleibend, der den Fluß begleitete. Nach jedem Treiben hatte man den Stand gewechselt. Und doch war es immer derselbe ausgetretene Flecken, mitten im Röhricht, die mageren Blumen, die Kühle, die von der Erde aufstieg, der Geruch von Verwesung.

Nur am Himmel konnte man ablesen, daß die Zeit vorwärtsschritt, am Morgen weißer Voile, am Mittag Silberblech, jetzt ein Netz aus Goldfäden, in dem sich die Fasane verfingen.

Auf dem Gewehrlauf von Ivanka tanzten türkisblaue Funken. Ein dunkler funkelnder Strich – und genau davor Ceno. Auf seinem Hals ein Streifen Weiß. Der Tupfer Olivgrün der Krawatte.

Der Schuß krachte. Der Vogel stieg steil in den Himmel. Mit hängenden Flügeln stand er in der Luft und sank zur Erde.

Laura hatte plötzlich einen trockenen Mund.

Ceno stand an seinem Platz. Ivanka. Valentino. Es herrschte die Stille und Disziplin, die Giulios Treibjagden auszeichneten. Kein Ort, wo Unvorhergesehenes geschehen konnte.

Noch dreißig oder fünfzig Schüsse, und auch dieses Treiben war vorüber. Wieder Pause. Wieder Standwechsel. Handschuhe herunter. Eisgekühlter Tomatensaft, eine Zigarette.

Dreihundert Meter in ihrem Rücken begann der Kiefernwald, der sich bis zur Küste hinzog.

Laura ließ die Waffe sinken, lehnte sie gegen den Feldstuhl. Der Boden war mit ausgeworfenen Schrothülsen bedeckt. Sie verließ ihren Platz. Sie wandte sich nicht mehr um.

Das Gelände fiel zum Fluß hin ab. Das Röhricht wurde höher. Das Schilf streifte ihre Wangen, ihre Lippen. Eine gemauerte Brücke führte über den Fluß. Ein Streifen Acker, Weizenstoppeln, die härter waren als das Leder ihrer Sohlen.

Ein leeres Nest zwischen den Furchen. Ein Vogel, der aufflatterte.

Die Luft schmeckte nach Wasser, nach Meer, aber sie kühlte nicht. Der Schatten unter den Kiefern war lauwarm. Gelbe Farne, dunkles Moos, ein rotes Bonbonpapier. Der blaue Saum des Meeres.

Laura öffnete den Verschluß der Stiefel. Der Duft ihres Parfüms schlug ihr entgegen, die Wärme ihres Körpers quoll aus den Stiefelschäften. Sie zog das Lederwams aus, das Seidentrikot, die Strumpfhose.

Sie trat nackt aus dem Schatten der Bäume, lief zum Strand hinunter.

Draußen am Horizont ein Schatten, eine weiße Kuppel. LAURALBA. Das Mausoleum.

Sie lief in das Wasser, das um ihre Knöchel und Beine aufsprühte, weiter, bis sie den Widerstand an den Hüften und an der Brust spürte, eine zähe, schwere Masse, die sich ihr entgegenstemmte, die sich wehrte, sie eindringen zu lassen; und die so schmiegsam wurde in dem Augenblick, in dem sie sich mit ausgebreiteten Armen hineingleiten ließ.

In schnellen Stößen schwamm sie hinaus, mit den Handflächen nach der Grenze tastend, an der die Kälte des Meeres beginnen würde. Endlich! Gläsern und eisig.

Die Kühle drang schon durch die Haut in den Körper, stieg den Hals herauf, den Gaumen. Sie hatte die Kühle im Mund.

In jeder Welle zersplitterte die Welt in anderen Farben. Rosagrün, rosagelb, rosagrau. In der Ferne die weiße Kuppel. Das Mausoleum. Was würde den Planern und den Werbeleuten bis Montag einfallen?

Warum hatte sie die Jagd verlassen? Warum war sie hierhergekommen?

Ceno. Stand er wirklich dort, bis zu den Schultern im Röhricht, in seinem Rücken Ivanka und Valentino? Was sollte geschehen?

Weil dort im Röhricht, nur Schritte entfernt von Ceno, Menschen standen, die ihn haßten, Ivanka und Valentino.

Was erwartete sie von diesem Haß?

Etwas, das laut wurde wie ein Schuß? Etwas, das man einbringen konnte wie ein getötetes Wild? Was hätte sie Ivanka sagen sollen? Was hätte sie Valentino befehlen müssen?

Daß es nicht genug war, daß sie ihn nur haßten?

Wenn alle Ceno hassen würden! Wenn die Welt ihn ausstieße! Daß nur noch sie bei ihm stand! Daß sie als einzige ihn nicht haßte!

Würde die Liebe, die ihr durch die Finger rieselte wie Wasser, dann wieder das werden, was sie einmal war? Wassertropfen an den Fingern, die sich zu einer Kugel zusammenfügten, das Unmögliche, das Wunder.

Was hatte sie getan? Was hatte sie falsch gemacht?

Nachdenken – wie sie das haßte; es fielen einem dabei nur Dinge ein, die man hatte vergessen wollen, Versprechen, die nicht eingelöst worden waren. Sie hatte niemals nachgedacht, solange sie Ceno liebte. Sie wollte nicht verstehen, was geschehen war. Die Menschen, die alles verstanden, liebten nicht.

Sie wollte die Liebe zurück, die ihr verlorenzugehen drohte. Die vergangene Nacht: nur deshalb hatte sie es getan. Sie hatte geglaubt, das sei der Preis. Aber nichts hatte sich geändert, nichts war besser geworden, es war schlimmer geworden. Am Morgen hatte sie nur noch Ivankas Haß gehabt, um Ceno zu spüren.

Die Strömung trug sie zurück ans Land. Die Arme über die Wasserfläche gebreitet, tauchte sie auf.

Unter dem Baum, wo ihre Kleider lagen, stand jemand. Sie sah den blonden Schopf, das weiße Cape des Treibers. Oskar. Er starrte aufs Meer hinaus.

Das Wasser gab Lauras Schultern frei. Perlende Tropfen auf ihrer Brust. Ein Gürtel weißen Schaums um ihre Hüften. Feiner warmer Sand unter den Fußsohlen, der dunkel und feucht wurde unter ihrem Schritt. Bei jeder Bewegung ein Sprühregen von Tropfen.

Der Junge warf sich herum und rannte davon.

Die Kühle des Wassers hatte sich verflüchtigt. Nur im Nakken war noch etwas davon, wo das Haar naß war.

Sie hatte keine Eile. Sie hielt sich im Schatten der Bäume. Oben, in den breiten Kronen, spielte der Wind. Unten, zwischen den Stämmen, stand die Luft regungslos. Der weiche, mit Nadeln übersäte Boden verschluckte ihre Schritte.

Ein Wurzelende, das aus dem Boden ragte, eine dürre bleiche Hand. Ein blauer Schmetterling mit aufgestellten Flügeln. Lebte er noch, oder hielt ihn ein unsichtbares Spinnennetz?

Schweigend Zeit vergehen lassen. Wie gut das war. Besser als Schlaf. Besser als denken, als fragen.

Von der Brücke aus konnte sie das Jagdgelände überschauen. Die Plätze waren nicht besetzt. Hatte die Pause bereits begonnen?

Sie fand ihren Platz. Der Feldstuhl war umgestoßen. Die Flinte lag am Boden. Laura hob den Kopf.

Es wird ihr schwer. Sie fühlt sich plötzlich müde. Was ist es, das auf ihr lastet? Das Licht? Die Stille?

Jenseits, am Rand des Waldes, stehen die Treiber, ohne Bewegung.

Vor dem Röhricht bewegt sich etwas. Es ist der Jagdaufseher. Neben ihm Giulio. Ein schriller Pfiff gellt über das Feld. In die erstarrten Figuren der Treiber kommt Leben.

Laura hebt die Flinte auf. Automatisch legt ihr Daumen den Sicherungsbügel um. Sie bahnt sich einen Weg durch das Röhricht nach draußen zu den anderen.

Durch das Gitter der Gräser sieht sie den Schatten Valentinos. Er kniet am Boden. Der Amerikaner. Sie tritt heraus.

Die Gesichter wenden sich ihr zu, fremde Gesichter. Sie kann sich an keines erinnern. Sie sieht von einem zum anderen. Sie begreift nicht. Giulio will den Arm um sie legen, sie wegführen. Aber sie geht weiter, dorthin, wo Valentino auf dem Acker kniet.

An den grauen Halmen hängen Blutstropfen. Durch das schüttere Gras zieht sich ein roter Streifen zu Cenos Kopf.

13

Wenn eine Frau heute sagt, meint sie gestern, und wenn sie morgen sagt, meint sie wieder gestern.

Gestern – das ist das Reich der Frau.

Gestern war er da. Gestern hat er sie geliebt. Gestern war sie glücklich.

Aber gestern ist vorbei. Heute ist sie unglücklich. Heute ist dauernd, und gestern ist immer schon vorbei. Nie wird es etwas geben, das bleibt. Immer wird sie heute ärmer sein.

Immer wird sie heute etwas vermissen, das ihr gestern gehörte.

Immer wird sie heute etwas schmerzen, das ihr gestern angetan wurde.

Immer hat sie gestern einen Mann geliebt, den es heute nicht mehr gibt.

Sie haßt diesen minuziösen Tod, der ihr täglich etwas wegnimmt. Sie wehrt sich dagegen. Sie rebelliert. Wenn sie das, was sie liebt, verlieren muß, warum wird es ihr nicht auf einmal genommen? Und dann geschieht es. Der Mann, den sie liebt, ist tot. Sie glaubt den Verlust nicht zu überleben. Aber der Sturm der Verzweiflung legt sich. Die Tränen versiegen – und sie erkennt plötzlich, daß sie ihn gar nicht verloren hat. Nie zuvor war er ihr so nahe. Nie hat er ihr so sehr gehört, ihr ganz allein, unumschränkt. Kein Heute mehr, vor dem sie sich fürchtet. Kein Morgen mehr, das ihn ihr nehmen wird. Nur noch ER, immer gegenwärtig, ein dauerndes, ungestörtes Gestern.

Solche pauschalen Deutungen auf Laura anzuwenden verbietet sich. Was in ihr vorging, blieb, zumindest in den ersten Stunden, ungewiß.

Sie stand in einem Raum im Parterre des Schlosses von Vernier. Es war dunkel geworden. Draußen im Hof brannten Fackeln. Im Hintergrund schemenhaft die Silhouetten der Buchsbäume, die dunklen Ufer des Rasens. Kulissen brauner

Schatten, aus denen Männer traten. Sie trugen Körbe mit frischem Grün und Körbe mit erlegten Fasanen. In Trauben hoben die Männer die Tiere heraus, sortierten sie der Größe nach. Sorgfältig legten sie die Reihen auf. In jeder fünfzig Fasane. Jedes zehnte Stück eine halbe Wildlänge vorgezogen. Rabatten aus rostbraunem Gefieder.

Aus der Heizung unter dem Fenstersims strömte Wärme. Eine Spinnwebe, die an den nach innen geklappten Lindenholzläden hing, zitterte. Das Pendel einer Uhr, das Geräusch vor dem Viertelstundenschlag, wie ein mühsames Atemholen.

Die Wände, in zwei Reihen mit Bildern behangen. Der mächtige Türstock mit Pilastern und Giebel, blaugrauer Marmorstuck. Die Tür aus Lindenholz lag im Schatten. Hinter der Tür war Ceno. In dem Raum mit der Kassettendecke, in dem sie ihm am Morgen heißen Kaffee eingegossen hatte. Am Morgen hatte es dort nach geröstetem Brot gerochen, nach heißer Milch, nach Honig, nach gestärkten Servietten.

Der Arzt war bei Ceno. Warum so lange? Laura wußte, daß Ceno tot war. Er lag auf dem Tisch, auf dem Damasttuch, das Kaffee- und Teeflecken hatte und das jetzt sein Blut auffing, das immer noch aus ihm floß, nicht mehr stoßweise wie draußen auf dem Feld und auf der Fahrt ins Schloß, als sein Kopf auf ihrem Schoß lag und sein Herz noch schlug.

Laura war draußen neben dem Feld nicht zusammengebrochen. Sie hatte sich nicht über Ceno geworfen. Vielleicht war sie einen Schein blasser geworden, aber das schien nur einigen der Umstehenden so.

Niemand wußte, was in ihr vorging. Wußte sie selber es?

Sie versuchte sich zu besinnen. Die Jagd. Irgendwann hatte sie ihren Platz verlassen. Der Mund war ihr trocken gewesen. Der Fluß, das Stoppelfeld, der Wald, das Meer. Das Bild wollte sich auflösen. Laura schloß die Augen.

Der Weg zurück, durch den Wald. Stille. Der Feldstuhl, der umgestoßen war. Ihr Gewehr, das am Boden lag. Wie müde sie sich plötzlich gefühlt hatte. Wie schwer es gewesen war, den Kopf zu heben.

Die Blutspritzer auf den graugrünen Halmen, auf dem sandfarbenen Gras. Cenos Kopf in einer Lache von Blut.

Er lag auf der rechten Seite. Unter seinem Hals sprudelte das Blut, als käme es aus der Erde.

Sie kniete sich neben ihn.

Valentino und der Amerikaner drehten Ceno auf die andere Seite.

Laura zog die Handschuhe aus, warf sie auf die Erde. Sie tastete nach der Wunde. Die rote Quelle sprudelte über ihre Hand.

»Einen Arzt!«

»Jemand soll vorausfahren. Man muß einen Tisch zum Operieren richten.«

»Ich fahre.« Ivankas Stimme.

Ceno atmete. Er war ruhig. Ein Halm warf einen feinen Schatten über die Stirn. Er lag entspannt.

Der Jagdjeep in einer Wolke von Staub. Valentino und der Amerikaner hoben Ceno von der Erde. Es war kein Meter zum Auto, aber sie brauchten Minuten.

Laura auf dem Rücksitz, Cenos Kopf in ihrem Schoß, ihre Hand auf der Wunde.

Die Stöße des Autos. Laura versuchte sie abzufangen.

Cenos Augen standen plötzlich offen. Er schaute zu ihr auf. Seine Lippen bewegten sich. Aber es wurden keine Worte. Es kam Blut. Es sickerte langsam heraus.

Das erstarrte Blut auf ihrer Hand glänzte wie Lack.

Der Himmel war rosa. Sah er ihn? Hatte es noch eine Bedeutung für ihn, daß er rosa war? »Der Himmel ist rosa«, sie sagte es.

Hinter Kastanienbäumen tauchte der Giebel des Jagdhauses auf. Das Weinspalier an der langen Westfront, blaue Trauben. Die Holzlege. Die Wendespur im Sand.

Cenos Augenlider senkten sich. Nur noch ein schmaler Spalt. Eine Iris, die den Halt verloren hatte.

Laura berührte den Fahrer an der Schulter. »Schneller.« Er trat aufs Gas.

»Langsamer«, sagte Laura. Sie rollten über abgeerntete Felder.

Cenos Hände wurden plötzlich lebendig. Die polierten Nägel mit den großen Monden. Eine Bewegung ging durch seinen Körper. Er versuchte sich mit den Füßen anzustemmen. Sein Kopf preßte sich in Lauras Schoß.

Die Allee. Der Wagen schoß auf der glatten Straße dahin. Die kurzen Schläfenhaare Cenos sträubten sich wie morgens, wenn er aus dem Bett kam.

Graue Dächer vor einem violetten Himmel. Weißer dünner Rauch, der sich um Kaminhauben kräuselte. Ein Gärtner sprengte die Rabatten vor dem Schloß. Der Tag war heiß gewesen. Im Mittelrondell drehten sich zwei Sprüher.

Die Flügeltüren waren geöffnet.

Cenos Augen standen offen. Weißes geädertes Emaille. Die Pupille war weggerutscht. Laura legte die Hand darüber.

Eine schwarze Limousine fuhr die Auffahrt herauf. Der Arzt. Er trat an den Jagdjeep. Er nickte. »Bleiben Sie so.« Er kam mit dem Arztkoffer zurück. Er reichte Laura eine Lage Zellstoff für ihre Hände.

Laura stieg aus dem Jeep. Die Fußmatten waren dunkel vom Blut. Wieviel Blut hatte dieser Mann.

Die violette Dämmerung in dem Fensterglas. Das schwarzweiße Rautenmuster des Steinbodens. Die Tür. Hinter der Tür lag Ceno auf dem Tisch. Zwei Deckenlüster. Wandleuchter. Strahlendes Licht. In das weiße Tischtuch, auf dem Ceno lag, war das Wappen der Fürsten Frevelli eingewebt.

»Es ist zu spät.« Der Arzt hatte nicht geantwortet. »Die Halsschlagader ist getroffen.« Der Arzt hatte den weißen Kittel angezogen. »Bitte, warten Sie draußen«, hatte er gesagt. »Ich werde tun, was ich kann.«

Die Lage Zellstoff in der Hand, stand sie da. Das Geräusch einer Uhr. Die Stille hinter der Tür.

Die Nacht machte die Fensterscheiben zu Spiegeln. Im Hof brannten Fackeln. Die Männer legten die Strecke auf. Immer neue Körbe wurden herbeigetragen. Immer neue Reihen wurden gelegt. In jeder fünfzig Fasane, jeder zehnte eine halbe Wildlänge vorgezogen. Alle Tiere lagen auf der rechten Seite. Der Größe nach geordnet.

Auf dem Gang kamen Schritte näher. Es klopfte an der Tür. Ivanka? Valentino?

Der Butler kam herein. Eine Schüssel warmes Wasser, Seife, Tücher. Er stellte die Dinge ab, schaltete die Wandleuchter ein.

Sagte er etwas? Er stand da. Warum schwieg er? Was war an ihr? Immer, wenn irgend etwas die Ordnung störte, schienen Ilarios Augen näher zusammenzurücken.

Laura sah an sich hinunter. Die Stiefel. An der Spitze des rechten die grüne Verfärbung. In der Naht ein paar angetrocknete Fasern von Stengeln, die sie zertreten hatte. Ihr Lederrock. Ein großer dunkler Flecken auf dem Wildleder. Sie strich mit den Fingern darüber. Das weiche Leder war steif geworden, die samtige Oberfläche glatter, mit Blut getränkt.

Ilario stand immer noch da. »Die Fürstin läßt fragen, ob Sie sich nicht umziehen wollen.«

Deshalb also hatte Ivanka Ilario geschickt. Um ihr zu sagen, daß alles in Ordnung war; sie brauchte sich nur umzuziehen, und alles war, wie es sein sollte. »Nein, danke.«

Laura wusch sich die Hände. Das Wasser färbte sich bräunlich. Die Seife war parfümiert, und doch war der Geruch des Blutes stärker.

Ilario wartete, bis sie fertig war. Er nahm die Schüssel. Er legte das Tuch über den Arm. »Der Kommissar wartet draußen. Kann ich ihn hereinführen?« Ilarios Stimme, immer bemüht, leise zu sein, immer bemüht, jedes Wort so auszusprechen, daß es den Frieden Verniers nicht störte.

Laura nickte. Wer hatte den Kommissar gerufen?

Ilario ging hinaus. Die Tür schloß sich und öffnete sich

wieder. Ein mittelgroßer Mann trat ein. Ein grauer Fischgrätenanzug, nicht neu. Im glatten Haar die Linien des Kamms. Auch die Linien quer über seiner Stirn schienen damit gezogen.

Er streckte Laura die Hand hin. Kein Ehering. »Mein Bedauern, Signora.« Die Stimme war zu laut für den Mund, der sich kaum öffnete. Der Kommissar blickte sich um.

»Der Arzt ist bei meinem Mann«, sagte Laura.

»Ich danke. Ich hätte nachher noch ein paar Fragen. Sie verstehen.« Er trat in den Schatten des Türstocks. Er verschwand.

Im Haus fiel eine Tür zu. Wasser rauschte. Was geschah hinter der Tür? Was gab es zu tun, das so lange dauerte? War es so kompliziert, einen Totenschein auszustellen?

Laura stand wieder am Fenster. In ihrem Rücken die Stimmen von Männern, ein Hin und Her, geflüsterte Befehle. Sie wandte sich nicht um. Sie sah nur die Schatten im dunklen Spiegel des Fensters.

Das Schnappen eines Türschlosses. Gingen alle auf Zehenspitzen? Sprachen alle gedämpft? Wegen Ceno?

Die Tür ging auf. Der Arzt und der Kommissar traten heraus. Der Arzt hielt ein Formular in der Hand. Er brauchte ihr nichts zu erklären. Sie hatte gewußt, daß es zu spät war, daß er nichts mehr tun konnte. Die Schrotladung hatte den Hals aufgerissen, die Schlagader getroffen. Ceno hatte zuviel Blut verloren.

Die laute Stimme des Kommissars. »Signora Lumati, war Ihr Mann krank?«

Laura sah ihn an.

»Ein unheilbares Leiden, das Ihren Mann veranlaßt haben könnte, Selbstmord zu begehen? Hat er sich in letzter Zeit untersuchen lassen? Versuchen Sie sich zu erinnern.«

Laura wußte nichts von einer Untersuchung. Es war ihr unmöglich, einzugestehen, daß sie über irgend etwas, das Cenos Leben betraf, nicht Auskunft geben konnte. »Er ließ sich regelmäßig untersuchen, einmal im Jahr.«

»Hatte Ihr Mann finanzielle Sorgen?«

»Ich muß Sie bitten, Signora Lumati jetzt nicht mit diesen Dingen zu quälen.« Der Arzt. Kein Venezianer dem Klang nach. Nördlicher. Verona vielleicht.

»Dottore Freni hält es für einen Jagdunfall«, sagte der Kommissar. »Vieles spricht dafür – andererseits ist nicht auszuschließen ...«

»Das ist unverantwortlich! Sie braucht Ruhe!«

Der Arzt stand vor dem Tisch, auf dem sein aufgeklappter Koffer lag. Er hielt eine Ampulle in der Hand. Laura hörte das Brechen des Glases. Die Plastikspritze füllte sich mit brauner Flüssigkeit.

Der Kommissar schien interessiert zuzusehen. »Wie ich höre, wurden vier Jagdflinten vom gleichen Modell und vom gleichen Kaliber benutzt. Alle aus dem Besitz Ihres Mannes.«

Der Arzt drängte den Kommissar zur Seite. Er schob den Ärmel von Lauras Jagdkostüm zurück. Ein Stückchen Mull mit Alkohol. Kühle in der Armbeuge. »Bitte, schließen sie die Hand.«

Die Nadel drang in die Vene ein. Er tupfte den Einstich mit Alkohol ab, klebte ein Pflaster darüber. »Sie sollten jetzt auf Ihr Zimmer gehen und sich hinlegen. Die Spritze wird schnell wirken.«

Laura strich den Ärmel glatt. Sie deutete auf die Tür, hinter der Ceno war. »Mein Mann kann dort nicht liegenbleiben.«

Der Kommissar kam dem Arzt zuvor. »Ich kann den Leichnam nicht freigeben. Bis gewisse Fragen geklärt sind, werden wir die Leiche ins Gerichtsmedizinische Institut bringen. Ich suche Sie morgen auf. Sie werden nichts einzuwenden haben, wenn ich Ihrem Diener noch einige Fragen stelle.«

Die Tür ging auf, Männer kamen herein. Sie gingen durch die Lindenholztür. Laura folgte ihnen. Der Arzt konnte sie nicht zurückhalten.

Ein weißes Tuch lag über Ceno gebreitet. Laura hob es auf. Die Haare an der Schläfe waren immer noch gesträubt. Die Augen waren geschlossen. Die feinen Wände der Nase schienen Atem einzuziehen. Aus der blutleeren Haut sproß der Bart, an den Wangen dunkelbraun, um den Mund rötlich.

Laura fuhr mit dem Finger darüber. Der Arzt trat neben sie. Er nahm sie am Arm. »Bitte, Sie muten sich zuviel zu. Das Mittel wird gleich wirken.«

Die Männer hoben Ceno auf die Bahre. Sie trugen ihn hinaus. Laura folgte ihnen. Sie spürte keine Müdigkeit.

Auf dem Tisch in der Halle lagen die Jagdgewehre. Auf den Läufen steckten Schutzhüllen. An jedem hing der Beschlagnahmezettel. Der Kommissar; neben ihm der Jagdaufseher, den Kopf gesenkt, mit schmalen Augen, als blendete ihn etwas.

Auf der Treppe wartete Ivanka. Sie hatte sich umgezogen. Sie trug ein braunes Georgettekleid mit kurzen Ärmeln, eine schwarze Wollstola lose um Rücken und Arme geschlungen. Sie hatte die Spangen aus dem Haar genommen. Es fiel weich an ihren Schläfen herunter. Wie jung sie aussah!

Ivanka kam ihr entgegen, legte den Arm um sie. »Hör auf Doktor Freni«, sagte sie. »Du kannst heute nicht mehr fahren.«

Die Hände ohne Schmuck, die Nägel ohne Lack, die Hände, die keine Zigarette mehr brauchten, um ruhig zu sein.

»Hast du die Polizei benachrichtigt?« fragte Laura.

»Giulio meinte, es sei auf jeden Fall ratsam.« Wie ausgeruht Ivankas Stimme klang. Eine gute Stimme zum Lügen.

Laura sah in das Gesicht, das ganz nahe vor ihr war. Es erinnerte sie an etwas, aber was war es?

»Du solltest bleiben, Laura. Wenigstens die nächsten Tage. Du hättest Ruhe, wir könnten dir vieles abnehmen. Wenn ich mir vorstelle, du mußt allein in das leere Haus nach Mestre zurück ...«

Ivankas Stimme. Menschen, die in Träumen vorkamen, hatten solche Stimmen. War es die Spritze, die der Arzt ihr gegeben hatte?

»Bitte, laß das Gepäck in meinen Wagen bringen«, sagte Laura.

Ivanka legte Laura die Wollstola um die Schultern. »Dann werde ich mit dir fahren.«

Diese Frau neben ihr, was gab ihr das Recht, sich so in ihr Leben zu drängen? Laura sah den Flaum seitlich an den Wangen. Sie sah die einzelnen größeren Poren an der Nasenwurzel, die Linien der Lippen, in denen der Lippenstift wie geronnene Farbe stand. Sie versuchte aus diesen Details ein Gesicht zusammenzufügen, das ihr Antwort geben würde.

Ivanka. Valentino. Was hatten sie miteinander zu tun? Was verband sie mit Laura? Dieselbe Waffe, die sie benützt hatten, dasselbe Kaliber, dasselbe Modell. Was hatten sie für ein Motiv? Mein Gott! Eine ungeheuerliche Vorstellung! Was hatte dieser Arzt ihr gespritzt, daß sie so etwas denken konnte.

Laura hob den Blick. Sie suchte Ivankas Augen. Sie legte die Hand auf Ivankas Arm. Ihre Stimme war sanft, fast tröstend, als sie sagte: »Du mußt hierbleiben, Ivanka. Giulio wird dich nicht entbehren können.«

Sie nahm den Schal von den Schultern und reichte ihn Ivanka zurück.

»Mir ist nicht kalt.«

Vor ihr trugen die Männer die Bahre, auf der Ceno verhüllt lag.

Fackeln erleuchteten den Hof. Im Sand lag die Strecke. In Reihen zu je fünfzig. Zehn Zentimeter Abstand zwischen jedem Tier. Jedes zehnte eine halbe Wildlänge vorgezogen.

Im Halbdunkel tauchten Gestalten auf, Gesichter, zu denen sie keinen Namen wußte. Ein blonder Schopf, ein blasses Gesicht, Oskar? Sie war sich nicht sicher.

Nacht, Kühle, in die Laura sich hüllen konnte. Flackerndes Licht, das vor ihr herlief, das sie führte; ein Augenpaar, das auf Laura wartete.

Valentino stand neben dem Cadillac. Er machte eine Bewegung. »Die Fürstin sagte, Sie würden bleiben.«

»Das Gepäck wird sofort gebracht.«

»Das Gepäck wird gebracht«, wiederholte Valentino. Was war los mit ihm? Er hatte noch nie einen Satz wiederholt.

Laura trat einen Schritt näher. Was war mit ihren Augen? Warum konnten sie sich auf nichts konzentrieren? Warum war alles so unscharf, so vage, wie das letzte Erinnern an etwas, bevor man es vollkommen vergaß?

»Der Arzt hält es für einen Jagdunfall«, sagte Laura. »Der Kommissar hat möglicherweise einige Fragen an dich.«

Lächelte Valentino? Wie viele Verhöre hatte er schon überstanden; sie schreckten ihn nicht. Er hielt etwas in der Hand. Die Hand kam auf Laura zu. »Ihre Handschuhe, Signora. Sie haben sie draußen vergessen.«

Laura griff danach. »Danke, Valentino.«

Worauf wartete er? Was versuchten diese Augen ihr zu sagen? Sie verstand es nicht, und es war ihr auch gleichgültig.

Valentino öffnete den Schlag des Cadillac.

»Ich fahre mit meinem Mann. Du bringst das Gepäck nach Hause.«

Laura ging zu dem Krankenwagen. Ein Mann legte Gurte um den Toten, befestigte das Tuch, das über ihn gebreitet war.

Laura stieg die zwei herausgeklappten Stufen hinauf. Sie setzte sich auf den Stahlsitz neben der Bahre unter das bläuliche Licht.

Draußen tauchte der Kopf des Kommissars auf. Er wollte etwas einwenden.

»Ich bleibe bei meinem Mann«, sagte Laura. Sie war nicht müde. Sie war wach, wenn auch auf eine ganz neue Art.

14

Früher oder später passiert es. Es bleibt kaum einer Frau erspart.

Niemand hat sie gewarnt. Niemand hat sie darauf vorbereitet.

Warum auch, es ist ja etwas Alltägliches.

Sie liebt nicht mehr, sie ist nur noch treu.

Treu sein, ohne zu lieben; wenn eine Frau diesen Punkt erreicht hat, wäre es an der Zeit, daß sie für jedes körperliche Zusammensein mit ihrem Mann Geld verlangt.

Treue. Was haben die Frauen aus dieser männlichen Tugend gemacht! Trägheit, Gleichgültigkeit, Zärtlichkeit, die nach Pflicht schmeckt. Hingabe, die nach Opfer schmeckt.

Glückliche Laura, der das erspart blieb. Vielleicht wäre es schon der nächste Morgen gewesen.

Ihr guter Stern bewahrte sie. Sie wurde zur Witwe.

Wußte sie das Glück zu schätzen?

Ihr Mund blieb stumm. War es der Schmerz, der ihn schloß, oder das Bewußtsein, an einem Wunder teilzuhaben?

Wehrte sie sich gegen dieses Gefühl der Erfüllung, das mit jedem Tag stärker wurde? Verwirrte sie die Erkenntnis, nichts verloren, sondern gewonnen zu haben?

Etwas wie eine steigende Woge trug sie. Es gab nichts mehr, das sie nichts anging, das sie langweilte. Sie mußte für zwei leben. Für Ceno und für sich, und sie tat es mit dem Ernst der Leidenschaft.

Der Ankleideraum war überheizt. Das ganze Haus war überheizt. Laura liebte leichte Stoffe, Kleider ohne Ärmel. Das Complet, das sie bei der um zehn Uhr in San Giorgio degli Schiavoni stattfindenden Totenmesse für Ceno tragen würde, war aus einer leichten Wildseide; der Saum endete eine Handbreit über dem Knie. Die Journalisten würden es in ihren Berichten erwähnen; sie notierten alles, was Laura Lumati betraf.

Sie gruben nach Details, und wo Tatsachen nicht ausreichten, bemühten sie ihre Phantasie. Immer wieder neu wurde die Geschichte jener Stunden nach dem Tod von Ceno Lumati erzählt, angereichert, ausgeschmückt – was für entsetzliche Stunden, und was für eine Haltung. – »Das schönste Lächeln Italiens ist gestorben. Auf immer?« So die Fallaci, und sie sprach mit ihrer Schlagzeile für Tausende.

Keiner der vielen Artikel hatte Laura berührt. Was hatte Glück mit Lächeln zu tun? War ihr Schmerz, Ceno verloren zu haben, nicht ein gleich starkes Gefühl wie ihre Liebe, nur reiner?

Sie mußte noch den Schmuck für das Kleid auswählen. Die Kassette stand offen auf dem Tischchen. Sie entschied sich für den Stern, den Ceno ihr zum letzten Geburtstag geschenkt hatte. Ein fünfzehnkarätiger Brillant, unauffällig gefaßt. Welcher Journalist würde die Karatzahl am besten schätzen?

Laura öffnete den Verschluß der Brosche. Sie stach die Nadel durch die stumpfe Seide. Sie probierte eine andere Stelle. Nein, nicht am Kleid, am Mantel vielleicht. Besser gar nicht! Nur den Schleier, nur die beiden Eheringe an der Hand. Bei jeder Bewegung spürte Laura den zu großen, den der kleinere hielt.

Auf der halbhohen Glasvitrine standen die schwarzen Hüte. Sie wählte den kleinsten. Der Rand war ausgestellt wie eine Krone. Sie griff unter den Schleier. Sie brauchte keinen Spiegel, um ihn aufzusetzen; so oft hatte sie vor dem Spiegel für diese Stunde die Haltung studiert.

Laura schloß einen Moment die Augen, öffnete sie. Langsam begann sie auf den großen Stehspiegel zwischen den Fenstern zuzugehen. Den Blick geradeaus. Noch langsamer. Die Augen ohne Ziel.

Sie blieb stehen – jetzt mitten in San Giorgio degli Schiavoni. Die lange Reihe der Kondolierenden. Sie nahm die entgegengestreckte Hand. Noch einmal, zögernder. Sie senkte den Kopf ein wenig, ja, so. Es war schöner, wenn die Lippen nicht fest aufeinanderlagen. Dieser Schatten zwischen dem Rot. Etwas Unausgesprochenes.

Ceno sollte mit ihr zufrieden sein. Sie blickte zu dem kleinen Hocker mit den zierlichen Beinen; auf dem äußersten Rand balancierend, hatte Ceno dort gesessen, in der einen Hand die Zigarette, zum Ausgehen fertig, nervös, voller Ungeduld.

Er hatte nie verstanden, wie man im letzten Augenblick plötzlich ein Schmuckstück wechseln, eine Handtasche umräumen konnte, welche Lust es für eine Frau war, in diesem Bereich ihres Lebens sich den flüchtigsten Regungen zu überlassen.

Was hätten diese vielen überflüssigen Dinge ringsum in den Schränken sonst für einen Sinn, Reliquien der Selbstvergötterung!

Manchmal hatte sie sich eingeschlossen, um nicht von ihm gestört zu werden. Jetzt stand die Tür zum Salon immer offen. Jetzt rief sie ihn, bat um sein Urteil.

Sein Blick folgte ihr. Er war zufrieden mit ihr.

Das Haustelefon summte. Laura ging nach nebenan in den Salon. Der Apparat stand auf dem Sekretär. Daneben lag der kleine Merkblock. Die oberste eingelegte Seite war voller Notizen, Dinge, die sie noch vor dem Gottesdienst erledigen mußte.

Laura nahm den Hörer ab. Es war Valentino. »Monsignore Bertini hat noch einmal angerufen. Ich habe ihn am anderen Apparat. Er fragt, ob Sie seine Ansprache gelesen haben und ob Sie nicht doch –«

Laura unterbrach ihn. »Es bleibt bei meinem Nein. Ceno hätte keine Freude daran.« Laura zog sich mit dem Fuß den Stuhl heran. Sie setzte sich. »Nur das Evangelium, sonst nichts, lateinisch. Noch etwas?«

»Signor Trozzi bittet dringend um Ihren Rückruf. Er hat schon zweimal nach Ihnen verlangt.«

»Er steht auf meiner Liste. Ist Signor Sforato schon gekommen? Sag mir sofort Bescheid.«

»Wann soll ich vorfahren?«

Laura blickte auf die Uhr, die auf dem Sekretär lag. Um zehn Uhr fand in San Giorgio degli Schiavoni die Totenmesse statt. »Um neun Uhr fünfzehn.«

Sie zündete sich eine Zigarette an. Sie trank den Rest Tee aus. Sie strich Bertini auf ihrer Liste. Der nächste Name war der von Trozzi. Der Generalbevollmächtigte des Unternehmens hatte sich immer noch nicht mit ihrer Entscheidung abgefunden, das Projekt LAURALBA einzustellen. Er konnte nicht begreifen, daß man ein Milliardengeschäft wie die Insel aufgab, den ganzen Werbeplan stoppte, die Modelle in eine Abstellkammer schaffen ließ. Es war gut, daß Trozzi ein Mann war, der rechnen konnte. Er hatte ihr eine Aufstellung der Investitionen gemacht, eine Berechnung über den voraussichtlichen Gewinn.

Laura hatte alles geprüft und entschieden, das Projekt fallenzulassen und Ceno im Mausoleum auf LAURALBA zu bestatten.

Sie hatte Trozzi am Apparat. Sie hörte ihn atmen, der Atem eines kurzhalsigen Pyknikers; sein Asthma verschlimmerte sich immer im November. »Ich habe einen wunderbaren Platz gefunden«, begann er ohne Einleitung. »Gleich hinter Ferrara. Ideal für ein Mausoleum.«

»Sie verschwenden Ihre Zeit, Trozzi. Kümmern Sie sich um das neue Projekt. Sind die Grundbucheintragungen geklärt? Ausgezeichnet.«

Laura legte auf. Sie strich Trozzis Namen. Ein Blick auf die Uhr. Sie wählte die Nummer des Hotels, in dem Cenos Mutter wohnte. Das Mädchen an der Vermittlung erkannte Lauras Stimme. »Ich verbinde.«

Cenos Mutter, schmal, zäh, die Haut so weiß wie das Haar. Cenos Vater hatte Laura nie gekannt, aber das war keine Lücke. Diese alte Frau war so, als hätte sie keinen Mann gebraucht, um einen Sohn zur Welt zu bringen. Nur sie beide und Monsignore Bertini würden nach der Totenmesse in San Giorgio degli Schiavoni mit Ceno hinaus auf die Insel fahren. »Wie hast du geschlafen? Das Klima bekommt dir! Nein, am Meer wird kein Nebel sein. Der Fahrer des Motorboots meint, um elf wird es ganz klar sein.«

Es war Anfang November. Für Venedig war das Wetter außergewöhnlich. Seit der Jagd in Vernier waren fünf Wochen vergangen. Erst vor drei Tagen hatte die Staatsanwaltschaft sich entschlossen, die Leiche Cenos freizugeben.

Der Staatsanwalt hatte schließlich resigniert. Er war noch immer nicht überzeugt, daß ein Jagdunfall vorlag. Er hatte sich »dem Druck der Öffentlichkeit gebeugt«.

Die Presse hatte ihm Unfähigkeit vorgeworfen, weil sich die Untersuchungen ohne Ergebnis hinschleppten. Als der Entschluß der Witwe bekanntwurde, auf ein Milliardengeschäft zu verzichten und ihren Mann auf LAURALBA zu bestatten, hatte sich der Tenor der Berichterstattung gewandelt. Der Fall Lumati war von den Lokalseiten verschwunden, die Leitartikel nahmen das Thema auf, entfachten eine Kampagne, in der sie die Grausamkeit und Pietätlosigkeit anprangerten, mit der man der zurückgelassenen Frau, einer Lombardi, das primitivste Recht einer Witwe vorenthielt, den Mann zu bestatten.

Fünf Wochen war Ceno im Gerichtsmedizinischen Insitut gelegen, in einem Kühlfach. Stahl, Neonlicht, Kunststoff, Nummern und Tote, auf deren Haut silbriger Schmerz lag.

Immer neue Gutachter, immer neue Verhöre. Oskar, Ivanka, Valentino, alle, die damals an der Jagd teilgenommen hatten. Valentino hatte Untersuchungshaft gedroht, aber Laura hatte durch ihre Anwälte Kaution stellen lassen.

Laura kannte die Vernehmungsprotokolle. Auch sie war befragt worden. Sie waren zu ihr ins Büro gekommen und hierher ins Haus. Sie hatte geantwortet, so gut sie konnte. Bei den Fragen, die Ceno betrafen, war es relativ leicht. Aber die Fragen nach Ivanka, Valentino. Was hatten sie damit zu tun?

Vielleicht hatte es einmal einen Zusammenhang gegeben, aber sie konnte ihn nicht mehr rekonstruieren. Für Laura war Cenos Tod etwas, das mit alledem nichts zu tun hatte.

Ivanka hatte jeden Tag angerufen. Blumen waren gekommen, Einladungen, Briefe. Die Briefe lagen ungeöffnet in einem Schub des Sekretärs. Eines Abends, als Laura aus dem Büro heimkam, hatte Ivanka in der Halle gesessen. Sie hatte sie zum Abendessen dabehalten. Laura hatte von Ceno gesprochen. Ivanka hatte geschwiegen. Ivanka hatte sie nach Vernier eingeladen. Sie hatte abgelehnt. Sie hätte auch kaum Zeit dazu gehabt.

Ihre Tage waren jetzt kürzer als früher Minuten. Es gab darin keinen Platz mehr für Menschen, die, selbst wenn sie vor einem standen, unscharfe Fotografien blieben. Ivanka war weniger als eine Erinnerung, ein Name, ein Umriß ohne Inhalt.

Trotzdem, sie mußte Ivanka ein paar Worte des Dankes sagen, nachher in der Kirche. Aber sie wußte schon jetzt, daß sie nicht dazu kommen würde. Es würden zu viele Menschen sein. Nicht die Hälfte würde Platz finden in San Giorgio degli Schiavoni; es würde sein, wie es bei ihrer Hochzeit war.

San Giorgio degli Schiavoni war die einzige Kirche, die Ceno damals akzeptiert hatte. Ihm gefiel der kleine Raum, die dunklen Schulbänke, die kriegerischen Heiligenlegenden an den Wänden. Keine einzige Blume, nur Kerzen –

Der Sarg steht vor den Stufen des Altars. Wie viele Menschen in der kleinen Kirche sind! Der Strom, der an Laura vorbeizieht, nimmt kein Ende. Augen blicken sie an, versuchen den Schatten des Schleiers zu durchdringen. Er ist sehr dünn, und doch verbirgt er sie vollkommen.

Unterdrücktes Schluchzen, immer neue Hände, die sich ihr entgegenstrecken, Küsse auf ihren Schleier. Endlich ein Ende.

Die Flammen der Kerzen neigen sich plötzlich alle in einer Richtung. Monsignore Bertini. Die Menschen machen den schmalen Mittelgang frei. Vier Männer nehmen den Eichensarg mit den Bronzebeschlägen auf. Die Kirchentüren öffnen sich. Ein Vorhang von Licht und Stimmen. Es ist wie ein zweiter Schleier, der über Laura fällt. Sie sieht nichts. Kein Gesicht, keine Hausmauern. Sie ist ganz allein mit Ceno, als sie hinter dem Sarg auf die Straße hinaustritt.

Der Kanal, wo das Motorboot wartet, ist nicht weit. Die Männer gehen über den Steg. Sie setzen den Sarg ab. Jemand will Lauras Hand nehmen, aber sie läßt es nicht zu. Der Steg schwankt unter ihren Füßen. Die Treppe schwankt. Laura tritt an den Sarg. Sie spürt die Kanten des Holzes an ihrem Knie. Sie steht aufrecht. Das Motorboot legt ab. Ein Windstoß preßt den Schleier auf ihren Mund.

Das Haustelefon. Laura griff nach dem Hörer.

»Signor Sforato ist gekommen.«

»Führe ihn in den Salon. Biete ihm eine Erfrischung an.«

Laura sah auf den Merkblock. Valentinos Name war noch nicht durchgestrichen. Sie zog den Schub des Sekretärs auf.

Ein Kuvert. Das Scheckbuch. Die Summe war schon ausgeschrieben. Laura setzte ihren Namen darunter. Sie nahm eine der kleinen Karten mit ihrem geprägten Namenszug.

Sie überlegte, was sie schreiben sollte. Ceno hatte sie gelehrt, daß große Worte eine große Sache nur kleiner machten. »Ich erfülle nur den Wunsch meines Mannes«, schrieb sie. Sie steckte Scheck und Kärtchen in das Kuvert. Sie strich Valentinos Name aus.

Sie ging hinüber in den Ankleideraum. Sie nahm die Handschuhe, die kleine Tasche. Sie schlüpfte in die Pumps.

Das Essen für die Trauergäste. Sie mußte noch schnell in das Speisezimmer schauen, ob alles in Ordnung war.

Wenn sie von LAURALBA nach Hause kam, war es zu spät. Auf der Tafel lagen zwanzig Gedecke. Goldenes Besteck, goldene Plates, das Porzellan mit dem breiten Kobaltrand. Goldene Muscheln als Aschenbecher, goldene Kerzenleuchter.

Sie ging um die Tafel. Der Butler stand schweigend daneben.

Laura schüttelte den Kopf. »Ich weiß nicht, Ugo. Es gefällt mir nicht mehr. Ich glaube, wir müssen es ändern. Rufen Sie Luisa. Sie soll Ihnen helfen. Ja, jetzt sofort. Ich möchte es noch sehen.«

Sie nahm die goldenen Leuchter, trug sie zurück auf ihren Platz am Kamin.

Ugo sammelte die Teller ein.

Luisa kam herein. Ugo dirigierte sie mit einem hypnotisierenden Wink.

»Aufräumen können Sie nachher«, sagte Laura. Sie schlug die weiße Damastdecke zurück.

Das Besteck rutschte klappernd zusammen. Luisa nahm Ugo die Decke ab.

»Die Silberplates, die meergrüne Seidendecke«, sagte Laura, »die böhmischen Glasteller, silberne Leuchter, silberne Muscheln. Das silberne Renaissancebesteck.«

Ugo und Luisa legten die Moltondecke über den Tisch, zogen sie gerade. Die bodenlange Seide sank darüber, rauschte zu Boden; Grün, in dem das Meer schäumte.

Luisa kam mit den Silberplates, Ugo mit den Glastellern, in die das Wappen der Lombardi eingeätzt war. Das Besteck, die Leuchter.

»Nein«, sagte Laura. »Die weißen Kerzen.«

Cenos Farben. Die Farben der Phantasie und des Schweigens.

»Die Sitzordnung.«

Ugo reichte Laura das Etui mit den Tischkarten. Laura brauchte nicht zu überlegen. Sie ging um den Tisch, stellte die Kärtchen auf. Titel, Namen, Gesichter.

Stimmen füllten plötzlich den Raum.

»Ein Skandal, diese Untersuchungen.«

»Der Staatsanwalt hat sich unmöglich gemacht.«

»Und was ist schließlich herausgekommen?«

»Eine Roheit sondergleichen.«

»Eine andere Frau wäre zusammengebrochen.«

»Eine Lombardi nicht.«

»Nein, keine Sauce, danke.«
»Die Amerikaner sind uns darin weit voraus.«
»Erinnern Sie mich nicht daran. Der Herbst ist die gefährlichste Zeit für mich.«
»Man hat noch nie so gut bei ihr gegessen. Man merkt, daß sie neuerdings der Köchin auf die Finger schaut.«
»Ich würde diese Zeitung verklagen. Jeder, der Laura kennt, weiß, daß sie solche Dinge nie gesagt hat.«
»Ich glaube, sie hat kein einziges Wort davon gelesen. Sie ahnt gar nicht, was diese Burschen alles schreiben.«
»Sie lebt wie unter einer Tarnkappe.«
»Draußen auf der Insel war es noch schlimmer. Schamlos, diese Meute von Fotografen.«
»Ich habe das Telegramm gesehen. Fünfhundert Pfund für ein Bild.«
»Nein, nicht im Mausoleum. Die Insel war abgeriegelt. Unmöglich durchzukommen.«
»Nur sie, die Mutter und Bertini.«
»Es war ein Milliardenprojekt.«
»So kann nur eine Frau handeln.«
»Nein, kein Eis. Parfait? Ja, dann schon.«
»Bei einer so jungen Frau ist es besonders erstaunlich.«
»Sie sind ein Zyniker.«
»Weil ich nur die Vollkommenheit lieben kann.«
»Diesen Luxus haben sich die Lombardis immer geleistet.«
»Diese Haltung, heute in der Kirche. Ich mußte sie dauernd ansehen.«
»Sie war immer so.«
»Sie können stolz sein auf Ihre Schwiegertochter.«
»Ceno hat sie vergöttert.«
»Ich werde das nie vergessen, ihr ganzes Gewand war voll Blut, sie hat es überhaupt nicht bemerkt. Sie war wie in Trance.«
»Sie ist keinen Schritt von ihm gewichen.«
»Ein Mann wäre zusammengeklappt.«

Das Klappern von Besteck, das Klirren von Gläsern.

Ugo stand am Ende der Tafel. Er sah zu Laura herüber. Er fragte nicht.

Laura nickte. »Ja, so ist es besser. Finden Sie nicht auch, Ugo?« Lauras Stimme war so sanft, daß es dem Mann den Hals zuschnürte. Er umklammerte die Stuhllehne. Mit steifem Rücken stand er da. »Kein Zweifel, Signora.«

Im Salon wartete Sforato.

»Ich kann mich auf Sie verlassen, Ugo.« Der Butler öffnete die Tür.

»Danke, Ugo.«

Sforato erhob sich aus dem Sessel. Er war jung, feist und kahlköpfig. Er kam auf Laura zu. Seine Schuhspitze verfing sich in den weißen Fransen der Seidenbrücke.

Er beugte sich über ihre Hand.

Sein Anzug war schwarz, seine Haut gelb. Laura hatte ihn bisher immer nur im Büro empfangen. Das ungebrochene Weiß dieses Salons war unbarmherzig.

Auf dem Tisch lag sein kleiner schwarzer Koffer. Der Aschenbecher war unbenutzt. Ein Glas Sprudelwasser.

»Bitte, Signor Sforato.«

Er setzte sich wieder.

Laura nahm ihm gegenüber Platz.

Sforato schob das Tablett beiseite. Seine Fingernägel waren gelb wie seine Haut. Er öffnete das Köfferchen.

»Ich habe alles mitgebracht.«

»Auch die neuen Skizzen wegen der Anordnung der Kränze?«

»Ich habe bereits Fotografien, so daß Sie einen genauen Eindruck bekommen. Wie abgesprochen haben wir alle Kränze auf die Insel bringen lassen. In San Giorgio ...«

»Wie viele Kränze sind es?«

»Dreihundertundsiebenundneunzig. Einen Moment, ich habe es notiert. Sie bekommen die genaue Aufstellung, ja; dazu zweihundertzehn Buketts. Hier sind die Fotos.«

Er beugte sich zu ihr hinüber. Benutzte er ein Damenparfüm?

»Hier verläuft der erste Kreis der Stahlgestelle, einen halben Meter über dem Boden. Dann gestaffelt ansteigend bis an die Wände.«

Laura nahm die bunten Polaroidfotos.

»Wenn Sie die Bilder von links nach rechts nebeneinanderlegen, ja so. Wir mußten Detailaufnahmen machen.«

Der blasse Marmor, die dunklen Pilaster. Auf den Fotos sahen die Blumen wie Wandmosaike aus, nicht aufdringlich bunt, nicht verweslich.

»Die Bilder geben nur einen schwachen Abglanz.« Sforato öffnete eine Mappe. »Hier, die Vergrößerungen vom Sarkophag.«

Grüner Marmor. Der Bronzesockel mit dem Namen. Die Kandelaber vor der Nische.

»Gut.« Laura schob die Fotografien zurück. »Und in San Giorgio degli Schiavoni?«

Er hatte auch davon Fotos.

Bräunliche Dämmerung, Kerzen, die leuchtenden Farben der Wandmalereien. Vor den Stufen des Altars der Sarg mit den Bronzebeschlägen.

»Es war nicht einfach. Wir mußten die Kirche zeitweise schließen. Seit gestern nachmittag reißt der Strom nicht ab. Wenn Sie meinem Rat gefolgt wären, San Marco wäre voll heute bei der Totenmesse.«

»San Marco ist ein Bahnhof.«

»Nicht jetzt im November.«

»Mit dem Motorboot, das klappt?«

»Absolut. Er ist die Strecke dreimal abgefahren und hat die Zeit genommen. Nur noch eines. Die Musik, wäre es nicht doch zu überlegen?«

Jedesmal fing Sforato davon an. Gleich beim erstenmal hatte sie ihm erklärt, daß es ein Begräbnis ohne Musik werden würde.

»Es muß nicht sakrale Musik sein. Vielleicht könnten Sie

diesen Vorschlag akzeptieren: Dvořak, Aus der Neuen Welt, das Largo.«

»Mein Mann mag Musik nicht. Es wäre eine Qual für ihn.«

»Es ist nur wegen der Stille. Es entsteht so leicht Unruhe unter den Gästen.«

»Während der Kondolation herrscht in jedem Fall Unruhe.« Laura öffnete die Tasche und holte den Merkzettel, den sie sich für Sforatos Besuch vorbereitet hatte. »Was ist mit dem Brunnen in der Vorhalle des Mausoleums? Ist er repariert worden?«

»Nur noch ein Flüstern.« Sforato fiel wieder in seinen emphatischen Ton. Ob er zu Hause auch so sprach?

»Der Anlegesteg?« sagte Laura.

»Ausgebessert. Vollkommen unsichtbar. Daß ich es nicht vergesse. Bei dem Smoking für Signor Lumati waren zwei schwarze Schleifen.« Er reichte ihr ein Päckchen über den Tisch.

Das Seidenpapier knisterte, als Laura die Finger darum schloß.

Ceno trug seinen Smoking. Sie selber hatte ihn zusammengepackt. Sie hatte das seidene Hemd ausgewählt, die zwei Seidenschleifen. Ceno hatte immer eine zum Wechseln dabeigehabt, in der inneren Brusttasche. Er konnte es nicht ausstehen, wenn die Seide nach ein paar Stunden durch die Körperwärme den Stand verlor.

»Ich möchte den Sarg noch einmal öffnen. Im Mausoleum. Das ist doch möglich?«

»Selbstverständlich.«

Sie mußte Ceno die seidene Schleife in die innere Brusttasche stecken.

Laura erhob sich. »Ich danke Ihnen, Signor Sforato.«

Er verbeugte sich. »Ganz meinerseits. Ein Begräbnis wie dieses zu betreuen, in dieser verrohten Zeit! Es ist eine Ehre für mich. Ich hoffe, es läuft alles zu Ihrer Zufriedenheit ab. Sogar die Sonne wird da sein.«

Eine blasse Novembersonne, ein blasser Novemberhimmel. Das bleiche Licht legte Schatten in die schneeweißen Vorhänge. Früher hatte man ganze Einrichtungen schwarz gestrichen, wenn der Herr des Hauses starb. Wenn dieser Raum schwarz wäre? Die Wände, die Bezüge der Polstermöbel, die Platten der Tische, die Vorhänge, das große Bild, dessen geometrische Rauten alle Schattierungen von Weiß durchprobierten. Ceno liebte Weiß.

»Ich darf mir erlauben, an der Totenmesse teilzunehmen.« Sforato stand da, in der einen Hand das Köfferchen, die andere aufs Herz gelegt. Gelbe Haut, gelbe Nägel, ein gelber Siegelring.

»Bitte, Signor Sforato.«

Er verbeugte sich.

Sie traten in die Halle hinaus. Sforato blieb stehen. »Beinahe hätte ich vergessen.« Er reichte ihr eine Kassette. »Die bestellten Karten und Kuverts für die Danksagungen.«

Sforato nahm den Hut. Die Eingangstür öffnete sich. Ein Streifen Helligkeit.

Der Motor eines Autos sprang an.

Laura zog die Klingelschnur. Luisa, der Butler.

»Luisa, meinen Mantel und den Hut.«

Laura reichte Ugo die Karten. »Das Sekretariat soll die Adressen vorbereiten. Schreiben werde ich persönlich.«

Laura trat vor den Spiegel. Ugo knipste das Licht an. Laura stand ganz ruhig da, blickte in den Spiegel. Immer wieder passierte ihr das. Immer wieder ertappte sie sich dabei, daß sie die Dinge ganz anders in Erinnerung hatte, auch sich selber.

»Ich habe eine Bitte«, sagte Ugo. Sie wandte sich um.

»Das Mausoleum auf LAURALBA. Es soll so schön sein. Wenn ich später einmal –«

»Natürlich, Ugo.«

Luisa kam die Treppe herunter. Ugo nahm den Mantel. Laura setzte den Hut auf. Sie zupfte an dem Schleier. Ugo half ihr in den Mantel. »Danke, ich brauche euch nicht mehr.«

Valentino stand plötzlich in der Halle. Wo war er hergekommen? Hatte er die Treppe benutzt, die Tür vom Garten? Die Uhr schlug einmal. Valentinos Pünktlichkeit war etwas, das sie zweifellos vermissen würde.

Laura zog das vorbereitete Kuvert aus der Tasche. Sie trat auf ihn zu. Hinter seinem Kopf ein Fensterkreuz. Stücke blauen Himmels. Kein Nebel. Auch draußen auf dem Meer würde es klar sein. Sonne und Himmel für Ceno.

Sie übergab Valentino das Kuvert. Sie hielt es nicht für notwendig, etwas dazu zu sagen. Sie erfüllte nur Cenos Willen.

Valentino ging voraus. Er öffnete die Tür vor Laura.

Als hätte sie, solange Ceno lebte, von allem immer nur die Hälfte gekannt, als hätte er ihr von allem die Hälfte genommen, auch von ihr selber, auch von dieser Liebe. Als hätte sie alles nur halb tun können, als hätte sie immer nur halb sein können.

Seit Ceno nicht mehr lebte, war es anders. Plötzlich gehörte ihr alles ganz. Nie hatte sie so intensiv gelebt. Nie hatte sie inbrünstiger geliebt. Ceno, diese absolute Abwesenheit, die er jetzt war, aus der keine Antwort drang, kein Gefühl, diese vollkommene Stille, die sie mit ihrer Liebe füllte.

Laura trat hinaus in den Morgen, der sich anschickte, ihr zu Gefallen zu sein.

gs. ROM, 14. Dezember. Völlig überraschend haben heute morgen in Rom auf dem Standesamt I Laura Lumati und Curzio Lontana geheiratet. Papst Paul VI. empfing anschließend die Neuvermählten in einer Privataudienz.

Laura Lumati, 34, geb. Lombardi, verlor ihren ersten Mann vor einem Jahr durch einen tragischen Jagdunfall. Durch die Untersuchungen der Staatsanwaltschaft nahm damals ganz Italien am Schicksal dieser Frau teil. Die Heirat nach Ablauf des Trauerjahres kommt deshalb besonders überraschend, weil Laura Lumati seither vollkommen zurückgezogen lebte.

Curzio Lontana, 55, gilt als einer der reichsten Männer Italiens und als Genie auf dem Gebiet überraschender internationaler Finanzaktionen. Die Anfänge seines Reichtums wurden nie genau geklärt. Sie bilden zusammen mit dem hermetisch abgeschirmten Privatleben dieses Mannes Stoff für immer neue Legenden.

Wie es heißt, hat das Paar Rom mit unbekanntem Ziel verlassen.

Das Wort, das einen Ritus beschreibt oder eine vergessene oder geheimnisvolle Tatsache, ist die einzige Kunst, die mich interessiert. Das Leben unmittelbar wiedergeben – wenn es möglich wäre, wäre es nutzlos –, weil der Mensch sich nur für einen Ritus oder für eine okkulte Wirklichkeit interessiert.

Cesare Pavese

Catherine Cookson

Der erste Sohn
8886

Der falsche Vater
8918

Nur eine Frau
9100

Ein Freund fürs Leben
9157

Der Spieler
8967

Die einzige Tochter
8935

GOLDMANN